KJB

Foto: privat

Olivia Tuffin lebt auf einer Farm in Dorset, England. Sie reitet am allerliebsten mit einem ihrer drei Palominos aus. Genau wie Georgia hat sie früher ausgemistet und im Stall geholfen, um sich ihre Reitstunden zu verdienen. Dass sie heute eigene Pferde hat und genau die Geschichten schreiben kann, die sie selbst schon immer gern lesen wollte, macht sie zum glücklichsten Menschen der Welt.

Bei FISCHER KJB sind von ihr außerdem erschienen:
›Redgrove Farm: Auf vier Hufen ins Glück‹
›Redgrove Farm: Das neue Fohlen‹
›Redgrove Farm: Die große Chance‹

Weitere Informationen zum Kinder- und Jugendbuchprogramm der S. Fischer Verlage finden sich auf *www.blubberfisch.de* und *www.fischerverlage.de*.

Olivia Tuffin

Redgrove Farm

Der Traum vom Sieg

Aus dem Englischen
von Angelika Eisold Viebig

KJB

FSC
www.fsc.org
MIX
Papier aus verantwortungsvollen Quellen
FSC® C083411

Erschienen bei FISCHER KJB

Die englische Originalausgabe erschien 2015
unter dem Titel ›The Palomino Pony Runs Free‹
bei Nosy Crow Ltd., London, England

Umschlaggestaltung: Birgit Gitschier, Augsburg
Umschlagfoto: Shutterstock
Satz: Fotosatz Amann, Memmingen
Druck und Bindung: CPI books GmbH, Leck
Printed in Germany
ISBN 978-3-7373-5189-8

Für die kleine Grace,
die ebenso verrückt nach Pferden ist wie ich!

O.T.

Prolog

Beruhigend legte der Junge eine Hand auf den Hals seiner dunkelbraunen Stute und führte sie vorsichtig aus dem Pferdetransporter. Als der Junge sich auf dem gepflegten Hof umsah, fielen ihm sofort drei wunderschöne Ponys auf. Umgekehrt beäugten die Ponys auch neugierig die Neuankömmlinge. Sein erster Eindruck sagte dem Jungen, dass dieser Hof gepflegt war und die Tiere sehr zufrieden wirkten. Bestimmt würde es seinem Pony hier gutgehen – es war eben nur so ganz anders als zu Hause.

Mit einem Zungenschnalzen führte er die Stute in eine freie Box und versorgte sie. Wie die Leute hier wohl waren? Er hatte von einem Mädchen gehört, das ebenfalls ein Pony auf dem Hof untergebracht hatte, aber darüber hinaus wusste er nicht viel. Bei dem Gedanken an zu Hause legte er das Gesicht an den Hals der Stute, und das Pony tröstete ihn, indem es mit seinem weichen Maul über seine Hand strich. Er seufzte schwer.

Nun kam es also darauf an. Er hatte eine einzige

Chance, eine letzte Gelegenheit auf Erfolg. Keine Ahnung, ob sein Plan funktionierte – doch für sein Pony musste er sein Bestes geben. Der Junge atmete noch einmal durch und richtete sich auf. Die Baseballkappe tief ins Gesicht gezogen, trat er hinaus ins Sonnenlicht, um sich bei der Hofeigentümerin vorzustellen. Mit einem Blick zu seinem Pony holte er tief Luft. Es war wichtig, einen guten Eindruck zu machen und kein einziges Mal seine Maske fallen zu lassen. Das war er seinem Pony schuldig – für all das, was es über die Jahre hinweg für seine Familie geleistet hatte.

Kapitel eins

»Georgia? Hast du gehört?«

Georgias Freund Daniel stupste sie an, als die Lehrerin auf sie zukam und dann vor ihnen stehen blieb.

»Entschuldigung, können Sie die Frage bitte wiederholen?«, bat Georgia und versuchte, sich auf die Tafel vorne im Klassenzimmer zu konzentrieren. Es war schon wieder passiert: Ihre Nervosität überfiel sie unvermittelt in der Geschichtsstunde, mit Bauchschmerzen und allem Drum und Dran! Georgia ballte ihre schweißnassen Hände krampfhaft zu Fäusten zusammen. Ihr wurde etwas schwindelig, als sie eine vorwitzige blonde Haarlocke zur Seite schob und entschuldigend zur Lehrerin hochsah.

Daniel warf ihr einen mitfühlenden Blick zu, aber glücklicherweise hatte Miss Hayes es aufgegeben, auf eine Antwort zu warten, und richtete ihre Aufmerksamkeit stattdessen wieder auf die Tafel. Georgia versuchte, sich zu konzentrieren, doch das Gemurmel im Klassenzimmer war inzwischen nur noch ein Rauschen im

Hintergrund. Sobald Georgia die Augen schloss, sah sie die hellen Scheinwerfer der Turnierarena vor sich und bekam Panik!

Seit die Begeisterung über ihre Qualifikation für den Wettkampf *Pferd des Jahres* nachgelassen hatte, litt Georgia zunehmend unter dem Druck, an einem so wichtigen Turnier teilzunehmen. Sie trainierte zwar hart, zweifelte aber, ob sie die Teilnahme auch wirklich verdiente. Das hübsche Palomino hatte schon bei seinem ersten Turnier alle Blicke auf sich gezogen, doch da Georgia neu in der Turnierszene war, hatte niemand sie als ernsthafte Konkurrenz betrachtet – bis jetzt. Georgia ritt Lily erst seit letztem Sommer, und auch wenn sie ein hervorragendes Team waren, war sie wahnsinnig nervös. Und wenn sie sich jetzt bereits so fühlte, obwohl es noch einige Wochen bis zum Turnier waren – wie würde es ihr dann wohl am Tag der Entscheidung selbst gehen?

Georgia stieß einen Seufzer aus, der Miss Hayes veranlasste, sich wieder zu ihr umzudrehen.

»Tut … tut mir leid. Mir geht's gerade nicht so gut«, stammelte Georgia. »Darf ich mal kurz raus?«

»Was war denn nur los?«, fragte Daniel nach Schulschluss, als er Georgia eingeholt hatte. Sie lief den Flur entlang und ging zielstrebig hinaus zum Bus, doch Daniel hielt mit ihr Schritt. »Alles in Ordnung mit dir? Warum hast du es denn so eilig?«

»Ich möchte einfach nur zum Stall, okay?«, erwiderte Georgia gereizt, »Lily sehen!« Daniel blieb weiter an ihrer Seite, und Georgia holte tief Luft. Sie stellte sich vor, wie sie ihren Kopf an den Hals des Palominos legte. Sie wusste, dass es ihr bessergehen würde, wenn sie nur ihr Gesicht in Lilys elfenbeinfarbener Mähne vergraben und den einzigartigen Pferdegeruch einatmen konnte.

»Geht es wieder um das Turnier?« Daniel hob eine Augenbraue. »Weißt du, Georgia, du *musst* nicht daran teilnehmen. Jedenfalls nicht, wenn du dir deshalb solche Sorgen machst. Niemand würde dir einen Vorwurf machen, Melanie schon gar nicht!«

»Glaubst du wirklich?« Georgia stellte sich vor, wie Melanie, die Besitzerin von Redgrove Farm – dem Zuhause von Lily –, wohl reagieren würde. Melanie hatte so viel für sie getan. Sie hatte Lily gerettet, indem sie sie ihrem Vorbesitzer abgekauft hatte. Und dann hatte sie das Palomino Georgia auch noch als Pflegepony überlassen.

»Ja, das glaube ich«, antwortete Daniel. »Du musst einfach das tun, was für dich am besten ist.«

Georgia wusste, dass er recht hatte. Aber es war immer ihr Ziel gewesen, an diesem Turnier teilzunehmen, und damit ihrem Traum, eine professionelle Reiterin zu werden, einen Schritt näher zu kommen. Doch jetzt, da all das zum Greifen nah schien, machte der Gedanke ihr plötzlich Angst.

»Ach, ich weiß nicht.« Sie schüttelte den Kopf. Da hielt der Schulbus auch schon vor Redgrove Farm, und die Türen schwangen auf. »Ich ruf dich später an, Dan, okay?«

»Klar.« Daniel hob die Hand zum Gruß, und Georgia sprang hinaus. Sie lief die Einfahrt hoch, am Tennisplatz und an den hohen Weiden vorbei. Redgrove Farm bestand aus einem großen, modernen Haus, an das sich einige Stallungen anschlossen. Hier gab es alles, was man sich nur wünschen konnte – sogar einen Swimmingpool. Georgia war froh und dankbar, dass sie hierherkommen und reiten durfte, wann immer sie wollte. Sie selbst wohnte mit ihrer Mutter ein Stückchen weiter weg im Dorf, aber sie kam jeden Tag zur Farm.

Georgia überquerte den Hof und kam an Melanies Zwerghühnern vorbei, die an vertrockneten kleinen Pferdeäpfeln pickten, die in den Ecken vor der Scheune liegen geblieben waren. Am Schwarzen Brett im Futterraum hing eine Nachricht.

Hallo, Georgia, ich bin beim Ponyclub-Treffen. Vielleicht sehen wir uns ja noch nach deinem Ausritt?

Es war Melanies Schrift, und sie hatte einen kleinen Smiley hinzugefügt. Wahrscheinlich will sie mit mir über Lilys Training reden, vermutete Georgia. Wieder an den Wettkampf erinnert, bekam sie eine Gänsehaut, schimpfte aber sofort mit sich selbst. Heute war sie doch nur für einen kleinen Ausritt hierhergekommen. Es gab überhaupt keinen Grund, nervös zu sein!

Sie nahm das Zaumzeug der kleinen Stute – ein einfaches Reithalfter mit Trense – und den weichen Wildledersattel und marschierte damit zur Koppel. Callie und Wilson – Melanies andere Ponys – standen bereits erwartungsvoll am Tor. Wilson, ein dunkelbrauner Vollblutwallach, wurde durch eine leichte Decke warm gehalten, aber Callie benötigte keinen Schutz. Das Winterfell der Exmoor-Ponys schützte Callie vor dem kühlen Wind. Der Himmel war immer noch so blau wie im Sommer, doch es war merklich kühler geworden. Georgia zog ihre Jacke etwas fester um sich.

»Suchst du nach einem Leckerli?« Sie kicherte, als Callies weiche Nase sich gegen ihre Hand schob, und holte ein Pfefferminz aus ihrer Tasche. Über den Rücken des Exmoor-Ponys hinweg blickte sie zu Lily, die hinter Wilson stand.

Als das Palomino sie mit einem Wiehern begrüßte und auf sie zukam, spürte Georgia, wie all ihre Sorgen von ihr abfielen. Lily zu sehen zauberte ihr immer ein Lächeln ins Gesicht! Das Waliser Pony hatte nie besser ausgesehen. Sein goldbraunes Fell schimmerte, und die elfenbeinfarbene Mähne glänzte, denn Georgia bürstete sie jeden Tag, bis sie so weich wie Seide war. Die Muskeln unter Lilys Fell waren deutlich sichtbar, gleichzeitig war Lily jedoch schlank und hatte einen elegant gewölbten Hals, den sie jetzt streckte, um Georgia liebevoll anzustupsen und ihr den Atem ins Gesicht zu blasen. Man hätte niemals vermutet, dass sie erst im letzten Jahr ein Fohlen zur Welt gebracht hatte – ein kleines Hengstfohlen namens Secret, das inzwischen auf dem Gestüt von Josephine Smalley zu Hause war. Seit Secret entwöhnt war, hatte Georgia mit Lily viel gearbeitet, und die Stute sah wirklich toll aus.

»Dann satteln wir dich mal«, sagte Georgia, während sie das Zaumzeug über Lilys Kopf schob und den Sattel auf ihren Rücken legte. Wenn Eric, Lilys Züchter, sie jetzt nur sehen könnte! Georgia hatte gehört, dass er erneut im Krankenhaus war, und hoffte, dass es ihm gutging. Sie hatte ihm Lilys Rosette aus der Qualifikationsrunde per Post geschickt, aber noch keine Antwort erhalten. Vielleicht hatte seine Enkelin Jemma den Brief geöffnet. Georgia schauderte, wenn sie an die Ereignisse jenes Sommers dachte, als sie Lily vor diesem brutalen Mädchen gerettet hatte. Zumindest konnte Jemma der Stute jetzt nichts mehr anhaben, und nach all den Gerüchten innerhalb der Reiterszene, hinsichtlich ihrer grausamen Behandlung von Lily, ließ Jemma sich bei Turnieren kaum mehr blicken.

»Na komm, mein Engel«, flüsterte Georgia und führte Lily durchs Tor, wobei sie Wilson und Callie sanft zurückhielt. Es war nach der Schule immer noch hell genug für einen ausgiebigen Ausritt, und Georgia konnte dabei sogar noch die wichtige Bodenarbeit im Gelände, bergauf und bergab, einbauen, damit Lily in Form blieb.

Sie führte die Stute jetzt in den Hof und machte sie für einen Moment neben der Aufstiegshilfe fest, um sich in der Sattelkammer noch schnell ihre alte dunkelblaue Reithose anzuziehen. Zum Schluss band sie ihr lockiges blondes Haar zu einem Pferdeschwanz zurück. Melanies Regeln zufolge zog sie sich noch eine Reflektorjacke über, falls die Sonne unterginge, noch bevor sie zurück war.

Dann schwang sie sich in den Sattel und machte sich zu einer ihrer Lieblingsrouten auf. Ganz gemächlich ritt sie den Weg direkt vor Redgrove Farm entlang und drehte dann eine große Runde um das Heideland zwischen dem Hof und Daniels Farm. An einem klaren Tag konnte sie von weiter oben das rote Backsteinhaus sehen, in dem sich der Hofladen befand, und sogar Daniels schwarzweiße Collie-Hündin Hattie, die gern neben dem Eingang in der Sonne lag.

Lily nahm den unbefestigten Weg mit weit ausholenden, flüssigen Bewegungen in kürzester Zeit, und als sie in einen rhythmischen Galopp wechselte, spürte Georgia, wie all ihre Sorgen schwanden. Genau darum ging es beim Reiten: mit seinem Pony draußen unterwegs zu sein und die gemeinsame Zeit zu genießen. Georgia konzentrierte sich jetzt darauf, ihren Kontakt leicht und weich zu belassen und ihre Beine in den Steigbügeln ganz ruhig zu halten. Der Nachmittag verging wie im Flug.

Allzu bald war es Zeit, zur Redgrove Farm zurückzukehren. »Langsam, meine Gute, langsam«, rief Georgia, ließ die Stute in den Schritt wechseln und ließ die Zügel locker, damit sie sich nach dem anstrengenden Weg bergauf wieder abkühlen konnte. Lily streckte ihren langen, eleganten Hals und ließ ein zufriedenes Schnauben hören. Georgia lachte und tätschelte sie. Wie so oft, genoss sie ihr Glück mit dem Palomino-Pony aus ganzem Herzen.

Sie war so tief in ihren Gedanken versunken, dass sie das dumpfe Donnern von Hufen fast überhört hätte. Das andere Pferd hatte sie beinahe schon eingeholt.

Lily schrak zusammen, wieherte und machte einen heftigen Satz zur Seite, als sie in schnellem Galopp von einem schlanken dunkelbraunen Pony überholt wurden.

»Aufgepasst!«, rief dessen Reiter Georgia lachend zu und zeigte dabei tadellose weiße Zähne. Statt einer Reitkappe trug er eine dunkelgrüne Baseballkappe, dazu eine blaue Jacke mit Reißverschluss, auf der irgendetwas aufgedruckt war.

»Hey … pass doch auf!«, rief Georgia empört, als Lily vor Schreck mit den Vorderhufen in die Luft stieg. Jeder wusste, dass man eine Reitkappe tragen sollte, und vor allem war es ein ungeschriebenes Gesetz, dass man andere Reiter auf offenem Gelände nicht mit solcher Geschwindigkeit überholte! Der Reiter und sein dunkelbraunes Pony behielten jedoch ihre Geschwindigkeit bei, bis sie um die Kurve und außer Sicht waren. Lily tänzelte nervös zur Seite.

Georgia war unglaublich wütend. Äußerlich ruhig, doch innerlich kochend vor Wut, tätschelte sie Lilys Hals und kehrte mit ihr im Schritttempo zur Redgrove Farm zurück. Wer immer dieser Reiter war, er hätte Lily beinahe in Panik versetzt. Sie hätte durchgehen oder gar stürzen können! Georgia schauderte bei dem Gedanken, dass das Palomino sich ernsthaft hätte verletzen können. Ihr heutiger perfekter Ausritt war von diesem eingebildeten Kerl und seinem Pony ruiniert worden – und das gerade, als Georgia endlich angefangen hatte, sich zu entspannen und ihre Sorgen zu vergessen. Was für ein Idiot!

Kapitel zwei

Beim Abzäumen und Abreiben von Lily murrte Georgia immer noch aufgebracht vor sich hin. Die kleine Stute hatte sich inzwischen wieder beruhigt. Sie hatte die Augen geschlossen, stand friedlich da und genoss Georgias Fürsorge. Vorsichtig säuberte Georgia mit einem Tuch das Gesicht des Ponys. »Nur gut, dass du inzwischen so viel Vertrauen hast«, murmelte sie. »Dieser Blödmann hätte alles ruinieren können.«

»Georgia!«

Melanies Stimme durchschnitt ihre Gedanken, und Georgia drehte sich um. Gefolgt von ihren Terriern, schritt Melanie, die Besitzerin von Redgrove Farm, über den Hof. Sie war immer freundlich, eine ausgezeichnete Reiterin und Georgias absolutes Vorbild. Sie hatte ihr alles beigebracht, was sie über Ponys wusste.

»Hallo, Georgia, hallo, Lily ...« Melanie blieb stehen und streichelte die kleine Stute. »Also, sie sieht wirklich gut aus, nicht wahr? Hör mal, Georgia, ich bin froh, dass du noch hier bist. Fast wäre ich nicht rechtzeitig vom

Ponyclub weggekommen. Du kennst ja Janey mit ihren vielen Ideen.«

Georgia kicherte. Sie mochte Janey, die Leiterin des Ponyclubs, allerdings war diese manchmal kaum zu bremsen und redete gern – und viel!

»Jedenfalls ...«, fuhr Melanie fort und strich sich mit den Händen durch ihr dunkles Haar, das sie dann mit einer Haarspange feststeckte. »Es gibt noch etwas, was ich dir gestern schon erzählen wollte ... aber es ging alles so schnell, dass es wirklich eine Entscheidung in letzter Minute war. Du erinnerst dich doch sicher noch an Sara, die früher im Dorf gewohnt hat?« Georgia erinnerte sich vage an eine von Melanies Freundinnen und nickte.

»Bei ihr konnte Sophie wohnen, als sie im letzten Halbjahr ihren Einstufungstest für die Uni gemacht hat«, fuhr Melanie fort. »Also schulde ich ihr einen Gefallen, und sie hat mich gefragt, ob wir ihren Neffen und sein Pony während der Vorbereitungen fürs Turnier hier aufnehmen könnten. Wir sollen ihm ein wenig helfen. Er hat sich für den Wettbewerb *Pferd des Jahres* qualifiziert, genau wie du, aber nicht in deiner Kategorie, sondern als Springreiter.«

»Echt?« Bei der Erwähnung des Turniers war Georgia sofort ganz Ohr.

»Ja, er möchte außerdem noch bei Janey trainieren«, fuhr Melanie fort und streichelte Lily. »Er war früher auch im Round-Barrow-Ponyclub. Jedenfalls habe ich Sara gesagt, dass wir noch eine freie Box im Stall haben.«

Georgias Interesse war geweckt. Ein neues Pferd, und noch dazu eines, das ebenfalls beim Turnier teilnehmen würde! Da Georgia erst vor kurzem angefangen hatte, Turniere zu reiten, kannte sie sonst niemanden, der sich qualifiziert hatte. Auch wenn Daniel und Emma, ihre besten Freunde, Georgias Begeisterung teilten, konnten sie doch die besondere Bedeutung dieses Ereignisses nicht ganz so verstehen wie ein anderer Teilnehmer. Wäre es nicht toll, jemand zu haben, mit dem sie darüber reden konnte? Sie konnte ihn zum Beispiel fragen, wie er seine Nervosität in den Griff bekam. Vielleicht konnte er ihr sogar Tipps fürs Springen geben. Auch wenn Lily ziemlich gut im Springen war, fühlte sich Georgia bei der normalen Bodenarbeit noch wohler.

»Also, was sagst du?«, fragte Melanie.

»Hört sich super an«, antwortete Georgia. »Wir können uns gegenseitig helfen, und für mich ist es toll, noch jemand zum Ausreiten zu haben.« Sie strahlte begeistert. »Wann kommt er denn an?«

»Na ja …« Melanies Antwort wurde durch ein schrilles Wiehern von Callie unterbrochen, als das Hoftor geöffnet wurde und ein Pony hereinkam. »Eigentlich ist er schon hier!«

Georgia blickte hoch, und ihr entwich ein erstaunter Ausruf. Das dunkelbraune Pony, das auf sie zutrottete, war das Tier von vorhin. Und der Reiter war genau der Junge, der sie vorhin beinahe über den Haufen geritten hätte. Georgias Augen wurden schmal, als Melanie fortfuhr.

»Ich bin mir sicher, dass ihr bestens miteinander auskommen werdet«, meinte sie. »Ihr seid alle beide Pferdenarren! Georgia, darf ich dir Will vorstellen ... Will ... das ist Georgia! Oh, und natürlich Wills Pony, Santa.« Im Nachsatz stieß Melanie einen Seufzer aus. »Tut mir leid, Will, auch wenn ich dich an deinem ersten Tag nicht gerne kritisiere, aber wenn du hier reitest, sind Reitkappen Vorschrift!«

Der Reiter – Will – war jetzt abgestiegen und zog seine Baseballkappe ab, unter der ein dichter dunkler Haarschopf zum Vorschein kam. »Klar, Melanie. Tut mir leid«, entschuldigte er sich wohlerzogen. »Das sind noch die Gewohnheiten meines Bruders.« Jetzt lächelte er Georgia an und streckte ihr die Hand entgegen.

»Wir haben uns schon getroffen«, sagte Georgia eisig und schüttelte widerstrebend seine Hand. Melanie hob erstaunt eine Augenbraue, und Georgia fügte an Will gerichtet hinzu: »Unterwegs im Gelände, als du mich fast über den Haufen geritten hättest.«

»Ach, du warst das! Tut mir leid!« Will lachte und klang ganz und gar nicht, als ob es ihm leidtäte. »Melanie hat mir erzählt, dass du auch reitest, bei Turnieren und so. Wahrscheinlich sind wir Springreiter nicht daran gewöhnt, jemand anderem beim Ausreiten zu begegnen!«

»Okay, Leute, ich muss jetzt los, aber ihr könnt euch ja noch weiter unterhalten«, warf Melanie ein und blickte auf ihre Uhr. »Ich muss das Abendessen vorbereiten.« Damit drehte sie sich um und ging zurück ins Haus.

»Du hättest vorhin wirklich einen Unfall verursachen können!«, brach es aus Georgia heraus, sobald Melanie außer Hörweite war. Sie musste sich große Mühe geben, dabei ruhig zu bleiben. Aber sie holte tief Luft – schließlich war das hier ein Freund von Melanie, der bis zum Turnier hierbleiben würde, also musste sie höflich sein! »Reite das nächste Mal im Gelände einfach ein wenig langsamer, wenn du ein anderes Pferd siehst, okay?« Sie wusste, dass sie besserwisserisch klang, aber sie konnte immer noch nicht fassen, wie schlecht Will sich vorhin benommen hatte.

»Zu Befehl!« Will schlug seine Hacken zusammen und tat so, als wolle er salutieren.

Meine Güte, der ist ja noch schlimmer als Harry Blake, dachte Georgia. Harry gehörte zu den wenigen Jungen im Round-Barrow-Ponyclub und war schon nervig genug. Mit einem eisigen Lächeln richtete Georgia ihre Aufmerksamkeit wieder auf Lily, die bereits neugierig die Neuankömmlinge beäugte. Sie wieherte leise, und die dunkelbraune Stute erwiderte das Wiehern freundlich. Georgia musste zugeben, dass Wills Pony eine Schönheit war, selbst wenn *er* der totale Idiot war. Die braune Stute hatte etwas Natürliches an sich und war offensichtlich zum Springen und für den Galopp gezüchtet worden. Vielleicht hatte sie Araberblut in sich.

Georgia konzentrierte sich jetzt darauf, Lily zu bürsten, und bemühte sich, ihre schlechte Laune zu unterdrücken. Sie und Will hatten einander auf dem falschen Fuß erwischt, aber vielleicht würde er sich ja auch als gar nicht so übel erweisen.

Kapitel drei

»Er ist furchtbar, echt furchtbar!«

Es war ein paar Tage später in der Schule. Georgia beschwerte sich bei Emma und Daniel und stieß dabei frustriert mit ihrem Löffel in den Joghurt, den sie gerade aß.

Emma blickte von ihrem Buch hoch und hob die Augenbrauen. Sie hatte Will noch nicht persönlich kennengelernt, aber schon jede Menge über ihn gehört. »Ist er wirklich *so* schlimm?«, fragte sie nachsichtig. »Ich kann mir nicht vorstellen, dass Melanie jemand auf Redgrove reiten lässt, der so furchtbar ist.«

Georgia schnaubte und schüttelte den Kopf. »Du kannst dir überhaupt nicht vorstellen, wie schrecklich er ist!«

Dennoch war sie sich nicht *wirklich* sicher, was Emma von Will halten würde. Wahrscheinlich würde sie ihn sogar okay finden. Schließlich war Will ja zu allen immer total nett – zu Melanie und ihrem Mann Simon ... und selbst Georgias Mutter hatte über seine albernen Witze lachen müssen, als sie bei ihrem wöchentlichen Besuch mit einer Tüte Karotten zum Stall gekommen war. Doch Will schaffte es immer, Georgia bis zur Weißglut zu reizen und ihr den Spaß auf dem Hof zu verderben. Obendrein war er auch noch ziemlich eingebildet. Ständig gab er mit den vielen Turnieren an, die er schon gewonnen hatte, und prahlte damit, dass er auf höchstem Niveau reite. Georgia war klar, dass sie höflich bleiben musste, da er Melanies Gast war, und natürlich hatte Georgia nicht zu entscheiden, wer auf Redgrove Farm reiten durfte. Aber es fiel ihr sehr schwer, sich zu beherrschen, besonders da Will ihre geliebte Lily immer als *Barbie Pony* bezeichnete!

»Also, wie sieht er denn überhaupt aus?«, wollte Emma wissen.

Georgia stöhnte. »Ach Em, ist das etwa das Einzige, was dich interessiert? Also gut, er hat dunkles Haar, irgendwie gewellt und … ähm … blaue Augen, glaube ich.«

»Also heißt das, er sieht gut aus?« Emma hob eine Augenbraue.

»Nein … na ja, vielleicht«, antwortete Georgia mürrisch. »Wahrscheinlich – wenn man auf so was steht.«

Emma grinste, aber Georgia war genervt und drehte sich weg. Sie konnte Will nun mal absolut nicht leiden. Und doch musste sie zugeben, dass ihm sein Pony wirklich wichtig war. Er kümmerte sich hingebungsvoll um

Santa – mehr als jeder andere Reiter, den Georgia je kennengelernt hatte. Sie hatte meistens nur mit den Mitgliedern des Round-Barrow-Ponyclubs zu tun, die, mit wenigen Ausnahmen, einfach aus Spaß im Club ritten. Und dann gab es noch die, die nur ritten, weil ihre Eltern das wollten. Aber Will war völlig anders. Wenn er nicht gerade über hohe Zäune und kompliziert aussehende Hindernisse in Melanies Parcours sprang, war er draußen beim Lauftraining – laut Melanie manchmal schon um fünf Uhr morgens. Trotz seiner ständigen Witze und seiner Albernheit legte er eine beeindruckende Disziplin an den Tag.

»Komm schon, Georgia, er ist doch ganz in Ordnung«, warf Daniel ein. Er saß neben ihr und hatte bis eben schweigend in einem Landmaschinenkatalog geblättert und sein Sandwich gegessen. Daniel fand es gut, dass der neue Reiter auf dem Hof ein Junge in seinem Alter war. Gestern Abend hatte er sogar mit ihm Fußball gespielt, während Georgia den Hof gefegt hatte.

»Dan!« Georgia war enttäuscht. »Ich dachte, du bist auf meiner Seite!«

»Ach, komm schon, Georgia, was soll das denn?« Daniel wirkte leicht genervt. »Ich weiß, dass du im Moment gestresst bist, aber lass es doch einfach mal gut sein.«

Georgia schluckte schwer, und Tränen stiegen ihr in die Augen. Sie wusste, dass sie sich wegen des Turniers zu viele Sorgen machte, doch bis jetzt war ihr nicht klar gewesen, dass sie damit auch ihre Freunde nervte.

»Hey, ist schon okay, Georgia«, sagte Daniel nachgiebig, als er merkte, wie sehr sie sich das zu Herzen nahm. »Ich wollte dich nicht anpflaumen. Wir wissen ja, dass es nicht in Ordnung war, als dich Will damals so rücksichtslos überholt hat. Aber ehrlich, er ist doch ganz in Ordnung! Du solltest ihm noch eine Chance geben.«

»Okay«, murmelte Georgia. Sie kam sich plötzlich ein wenig albern vor, weil sie so heftig über Will hergezogen hatte, und lächelte Daniel an. »Ich muss mich sowieso ganz auf Lily konzentrieren.« Sie holte tief Luft. »Ich verspreche, dass ich erst mal nicht mehr über ihn schimpfen werde.«

Später nach der Schule erinnerte sich Georgia an ihr Versprechen und versuchte, ein Gespräch mit Will anzufangen, während sie ihre Ponys striegelten. Die beiden Ponys standen ruhig nebeneinander. Santa schlug faul mit dem Schweif, und Lily reckte den Hals, um zu ihrer neuen Freundin hinüberzublicken. Die beiden Ponys hatten einen ähnlichen Charakter – sie waren gutmütig –, und anders als Will und Georgia, mochten sie einander auf Anhieb.

»Also …« Georgia versuchte, ein geeignetes Thema zu finden. »Du versäumst doch sicher sehr viel in der Schule, wenn du hier trainierst?«, fragte sie schließlich, denn der Unterricht des heutigen Tages spukte ihr noch im Kopf herum.

»Nein«, erwiderte Will lachend. »Ich werde zu Hause unterrichtet. Ich bin hb, verstehst du?« Als er Georgias erstaunten Gesichtsausdruck bemerkte, musste er lachen. »Das steht für hochbegabt«, erklärte er. »Mein Bruder unterrichtet mich zu Hause, damit ich mich ganz aufs Springreiten konzentrieren kann.«

»Ach so.« Georgia war verblüfft – sie hatte noch nie jemanden in ihrem Alter kennengelernt, der nicht zur Schule gehen musste. Wenn das so war, musste Will ja echt gut sein. Sie räusperte sich. »Also reitet dein Bruder auch?«, fragte sie.

Will lachte laut auf, und Georgia errötete sofort. »Ja!«, erwiderte er mit einem Schnauben. »Hast du denn noch nie von ihm gehört? Jasper Bowen?«

Georgia dachte angestrengt nach. Sie versuchte zwar, sich all die Namen der bekannten Reiter zu merken, doch sie kannte noch nicht so viele persönlich – eigentlich nur Melanie und die Reiter von Josephine Smalleys Gestüt, wo Secret jetzt lebte. Es war natürlich einfacher, über all das Bescheid zu wissen, wenn man aus einer Familie stammte, in der sich alles um Pferde drehte, doch so war es bei ihr nicht. Außerdem hatte sie erst vor einem Jahr angefangen, Turniere zu reiten. »Nein, leider nicht«, sagte sie vorsichtig, denn sie wollte Will nicht beleidigen, falls sein Bruder wirklich berühmt war.

»Tja, er ist ja auch nur einer der berühmtesten Turnierreiter im Lande«, sagte Will und klang wieder mal ziemlich angeberisch. »Er ist ein super Reiter, hat einen eigenen tollen Hof mit erstklassigen Ponys und einen superluxuriösen Pferdetransporter, und dabei ist er erst fünfundzwanzig Jahre alt. Er wird von *Diamond Horses* gesponsert. Bitte sag mir, dass du wenigstens von *denen* gehört hast?«

Georgia zuckte mit den Schultern.

Will lachte. »O Mann, du bist wirklich noch nicht lange dabei, was? *Diamond Horses*? Du weißt schon, von denen sind die Jacken, die *jeder* coole Turnierreiter trägt, der weiß, worauf es ankommt. *Diamond Horses* sind richtig dick im Geschäft. Alle wollen von ihnen gesponsert werden.«

»Okay«, sagte Georgia und dachte an ihre alte, aber trotzdem sehr schöne Tweedjacke, die sie von Sophie »geerbt« hatte.

»Normalerweise trainiert mich mein Bruder«, fuhr Will fort. »Nur im Moment kann er nicht. Deshalb bin ich hier – Janey hat uns früher auch im Ponyclub trainiert«, fuhr Will fort, »also schien es eine gute Idee zu sein, jetzt wieder mit ihr zu trainieren.«

»Ach so«, sagte Georgia. Sie merkte selbst, wie jung und amateurhaft sie im Vergleich zu Will klang. Neugierig fragte sie: »Warum kann dein Bruder dich denn nicht mehr trainieren?«, wünschte jedoch gleich, sie hätte nicht nachgefragt, da sie sah, wie Will das Gesicht verzog.

»Er kann eben einfach nicht mehr«, erwiderte er kurz und blickte zur Seite.

»Oh, okay«, antwortete Georgia und wusste nicht, was sie dazu sagen sollte. Diese Unterhaltung verlief nicht gerade so, wie sie es sich gewünscht hatte!

Sie striegelten die Tiere und schwiegen dabei verlegen. Nach ein paar Minuten wollte Georgia es noch einmal versuchen. »Santa ist so toll«, sagte sie und streckte die Hand aus, um Wills Pony zu streicheln.

»Ja, das ist sie, nicht wahr?« Will wirkte sofort weicher und nachgiebiger. Mit einem Lächeln tätschelte er den Hals der dunkelbraunen Stute. »Sie ist die Beste. Unsere Familie hat sie schon seit vielen Jahren. Früher hat mein Bruder sie immer geritten.« Er machte eine Pause, und sein Ton veränderte sich plötzlich wieder. »Es ist so bescheuert, dass ...« Er warf Georgia einen schnellen Blick zu, bevor er wieder wegsah. »Ach, egal.«

»Was ist egal?« Georgia hatte einen Hauch von Traurigkeit in Wills normalerweise übermütiger und arroganter Stimme ausgemacht. Sie schaute ihn an. Er streichelte noch immer Santas dunkelbraunen Hals, doch jetzt lag ein ernster Ausdruck auf seinem Gesicht, das Georgia sonst immer unbekümmert erschien.

»Nichts weiter«, antwortete er rasch. Der übliche scherzhafte Ton lag wieder in seiner Stimme. »Also, wie schätzt du denn die Chancen von *Barbie Pony* beim Turnier ein?«

Georgia runzelte die Stirn. Lily war *kein* Barbie Pony, und Georgia hatte es langsam satt, dass Will sie so nannte. Gerade wollte sie Lily verteidigen, da hatte sich Will bereits umgedreht und ging Richtung Haus. Georgia dachte darüber nach, was Will hatte sagen wollen. Warum war er so kurz angebunden, wenn es um seinen Bruder ging? Ganz offensichtlich gab es da noch ein Geheimnis, und Georgia war entschlossen herauszufinden, was es war …

Kapitel vier

Später trainierte Georgia mit Lily auf der Koppel. Nach einer Weile bemerkte sie Will, der an einen Zaunpfosten gelehnt da stand, die Baseballkappe tief in die Stirn gezogen, und sie aufmerksam beobachtete. Er hielt Santas Zügel in den Händen, und die kleine braune Stute schien ebenfalls interessiert zuzusehen. Prompt wurde Georgia nervös. Sie ließ Lily antraben und wechselte dann das Tempo, um an der langen Seite den Mitteltrab zu üben. Dabei verkrampfte sie sich zu sehr, saß nicht ruhig genug, und Lily verspannte sich und stolperte. Als Georgia an Will vorbeiritt, rief er ihr etwas zu, und sie wurde langsamer.

»Hör mal«, sagte er, »probier das lieber noch mal. Solche Fehler darfst du beim Turnier nicht machen.«

»Ja, ich weiß«, antwortete Georgia verlegen, aber auch genervt, weil Will sie auf etwas hingewiesen hatte, was ihr selbst klar war. Sie drehte eine Runde und versuchte den Mitteltrab dann noch einmal. Mit dem Gefühl, dass Wills Blick sich in ihren Rücken bohrte, machte sie jedoch den gleichen Fehler erneut. Bei Wilson hätte sie das aufgrund seiner Erfahrung vielleicht überspielen können, doch Lily reagierte immer sofort auf jede ihrer Hilfen, so dass sie sich bei ihr keine Unsauberkeiten erlauben durfte. Mit geröteten Wangen korrigierte sie ihren Fehler.

»Daran musst du noch arbeiten«, rief Will. Er war inzwischen aufgestiegen und wärmte Santa in der Koppel auf. »Schau mal«, sagte er und ritt an Georgia vorbei. Er trabte an, brachte die braune Stute in einen perfekten Mitteltrab und zeigte einen erstklassigen Wechsel aus dem Zirkel. Santa bewegte sich wie eine Balletttänzerin, streckte ihre Beine vorbildlich und machte große Schritte. »Genau so«, sagte Will, wurde langsamer und tätschelte den Hals seiner Stute. »Du musst deinen Stil perfektionieren, wenn du wirklich an der Spitze reiten willst.«

»Klar«, erwiderte Georgia völlig verblüfft. Will nahm definitiv kein Blatt vor den Mund, und Georgias Wangen brannten vor Demütigung, als er fortfuhr und ihre Reaktion gar nicht wahrzunehmen schien.

»Meinem Bruder würde ein Pony wie Lily gefallen«, fuhr er fort. »Er würde sie zu einem Champion machen, verstehst du? Gib mir Bescheid, wenn Mel vorhat, sie zu verkaufen, okay?«

Das war für Georgia der Tropfen, der das Fass zum Überlaufen brachte. Sie drehte um und ritt wütend zurück zum Stall und fühlte sich dabei total unfähig. Eines war allerdings sonnenklar: Will hatte ihren Nachmittag völlig ruiniert!

Am nächsten Morgen beschloss Georgia, noch vor der Schule mit dem Fahrrad nach Redgrove zu fahren. Wenn sie am Vortag all ihre Hausaufgaben gemacht hatte und früh zu Bett ging, erlaubte ihre Mutter ihr das. Normalerweise übernahm Melanie es, Lily morgens auf die Weide zu bringen, aber heute wollte Georgia die Stute bereits früh striegeln und den Stall ausmisten, damit sie abends gleich trainieren konnte. Sie hoffte, so Will aus dem Weg gehen zu können. Georgia hatte nach dem gestrigen Training sehr schlecht geschlafen. Ihr war bewusst geworden, dass sie nicht annähernd so gut war wie Will und damit nicht gut genug, um am Turnier teilzunehmen. Sie merkte, wie ihr Selbstvertrauen schwand. Will hatte ja recht, sie durfte sich solche Fehler nicht leisten, aber nach seiner Kritik fühlte Georgia sich einfach mies.

Morgens war es immer noch hell, aber als sie heute mit dem Rad den Hügel zur Farm hinabfuhr, war es sehr neblig, und sie war froh, dass sie ihre Jacke mit den reflektierenden Streifen trug und das Fahrrad Licht hatte. Pip, ihre kleine schwarzweiße Spanieldame, lief bellend neben ihr her und freute sich über den frühen Ausflug. In den Ställen von Redgrove brannte schon

Licht, als Georgia ihr Fahrrad gegen die Steinpfosten lehnte. Santas Pferdedecke lag über ihrer offenen Stalltür, ihr Stallhalfter hing am Haken. Will schien bereits mit ihr zu trainieren. Nach einem Blick auf ihre Uhr seufzte Georgia. Es war erst halb sieben!

Wow, dachte sie, *der ist aber auch früh dran!* Sie blickte um die Ecke zur Koppel und entdeckte Will, der auf der dunkelbraunen Stute einen Zirkel ritt. Entlang der langen Seite war ein Hindernisparcours aus Melanies breiten Planken aufgebaut. Am Ende gab es sogar einen Steilsprung, der mindestens einen Meter fünfzig hoch und mit einem Unterbau versehen war.

Santa schlug mit ihrem glänzenden braunen Schweif und trabte auf den Parcours zu. Wills Kinn war entschlossen vorgeschoben, und er sah gar nicht glücklich aus. Die ersten drei niedrigen Hindernisse nahm Santa vorbildlich, doch trotz Wills ruhiger, konzentrierter Hilfen drehte sie vor dem letzten, dem hohen Hindernis, scharf nach links ab. Sie stieg mit den Vorderhufen hoch und verweigerte. Will wendete Santa. Er hatte Georgia noch nicht entdeckt. Zu ihrer Erleichterung sah Georgia, dass Will die mitgeführte Reitgerte nicht einsetzte. Es war unübersehbar, dass Santa nicht bösartig war – Georgia konnte instinktiv erkennen, dass die kleine Stute eben einfach nicht so hoch springen wollte. Will tätschelte kurz ihren Hals, dann setzte er wieder eine entschlossene Miene auf.

Er gab Santa Schenkeldruck und näherte sich erneut den ersten Hindernissen. Wieder nahm Santa diese anmutig, bevor sie den Kopf warf und vor dem letzten Hindernis scheute. Diesmal jedoch stieg das Pony fast senkrecht in die Höhe und schwenkte so abrupt ab, dass Will abgeworfen wurde und auf den Boden fiel. Er setzte sich einen Moment lang in den feuchten Sand, dann vergrub er das Gesicht in den Händen und stieß einen frustrierten Schrei aus. Oder war er wütend? Georgia hätte es nicht sagen können. Ohne weiter nachzudenken, rannte sie auf den Reitplatz und fing die niedergeschlagen aussehende Santa ein.

»Na komm, braves Mädchen, alles ist gut …«, versuchte Georgia, sie zu beruhigen.

Will stemmte sich hoch und humpelte auf Georgia zu. Seine Augen funkelten, und sie blickte verlegen weg. »Alles okay mit dir?«, flüsterte sie und schaute dabei nur Santa an.

»Bestens.« Seine Antwort klang abweisend. Er nahm Santas Zügel und führte sie mit energischen Schritten zurück in den Hof, wo er sorgfältig ihre Beine überprüfte. Verlegen folgte Georgia ihm. Hoffentlich dachte er nicht, sie liefe ihm hinterher, aber sie musste ja immer noch Lily auf die Weide bringen.

Lily wieherte, als Georgia auf sie zukam. Ihre schönen bernsteinfarbenen Augen zeigten Interesse an all den morgendlichen Aktivitäten um sie herum. Anscheinend dachte sie, es ginge vielleicht zu einem Turnier, denn sie tänzelte aufgeregt hin und her und knabberte ungeduldig am Türriegel. Georgia lächelte, legte Lily das Halfter um und führte sie hinaus.

Will war dabei, Santa abzuzäumen, als Georgia den Stall verließ. Hoffentlich hat er sich nicht verletzt, dachte sie und machte einen Umweg, um an der Box vorbeizugehen, in der sich Santa befand.

»Will?«, fragte Georgia zögernd. »Ist wirklich alles okay mit dir? Hast du dich verletzt?«

»Mir geht es bestens.« Wills Stimme klang schon wieder so arrogant wie immer. Der Schreck von vorhin war verschwunden. »Das ist heute anscheinend nur einfach nicht mein Tag, das ist alles. Ich wusste nicht, dass mir jemand zuschaut. Wahrscheinlich hast du Santa abgelenkt oder sie erschreckt, als du um die Ecke gekommen bist.«

»Oh, ich …«, Georgia wurde rot, aber sie bezweifelte diese Anschuldigung. Santa war schließlich ein erfahrenes Turnierpony und an Zuschauer gewöhnt. Es hatte auch nicht gewirkt, als wäre sie abgelenkt worden, es schien eher so, als wolle sie einfach nicht so hoch springen, wie ihr Reiter es von ihr verlangte. Aber Wills Gesichtsausdruck ließ vermuten, dass es besser war, ihm nicht zu widersprechen. »Okay«, erwiderte Georgia leise. »Ich gebe dir Bescheid, wenn ich das nächste Mal wieder so zeitig hier bin.«

Sie ging kopfschüttelnd zu Wilson, um ihn ebenfalls auf die Koppel zu bringen. Das Ganze war ziemlich merkwürdig. Warum überforderte Will sein Pony, und warum wollte er ihr etwas vormachen? Vielleicht lastete der Druck des bevorstehenden Turniers auch auf ihm …

Kapitel fünf

»Melanie?«

Einige Tage später saß Georgia an dem großen Holztisch in der Küche und polierte das Zaumzeug. Sie hatte die letzten Tage viel über Will nachgedacht – was er an jenem Abend gesagt hatte, als sie beide ihre Ponys trainiert hatten, und wie Santa dann morgens mehrfach das Hindernis verweigert hatte.

Melanie blickte von ihrem Computer auf. »Ja?« Sie schob ihre Lesebrille hoch und rückte den Stuhl zurück.

»Ist denn alles ...« Georgia war sich nicht ganz sicher, was sie sagen wollte, und hatte wegen ihrer Neugierde ein schlechtes Gewissen. »Ich meine, glaubst du, dass bei Will alles in Ordnung ist? Du weißt schon, weil er ständig mit Santa trainiert und sich keine Pause gönnt.«

»Hm.« Melanie sah nachdenklich drein. »Ich habe mich das auch schon gefragt. Wills Bruder hat mit seinen Ponys immer die besten Ergebnisse erzielt. Sie sind beide gut in dem, was sie machen. Das weiß ich noch aus der Zeit im Ponyclub. Hätte ich den Eindruck, dass er Santa überfordert, hätte ich schon etwas gesagt. Sie ist ein wunderbares Pony, und Will ist ein sehr guter Reiter. Ich denke, Will geht die Sache einfach anders an als wir, das ist alles.« Sie lächelte Georgia zu. »Wie auch immer, lass uns lieber über deine Teilnahme am Turnier reden. Wie läuft es denn bei dir?«

»Gut ...« Georgia verschränkte die Finger unter dem Küchentisch und hoffte, dass Melanie nicht bemerkte, wie die Farbe aus ihrem Gesicht wich. Wieder einmal wünschte sie, sie hätte ihre Befürchtungen wegen des Turniers schon früher geäußert. Doch jetzt waren es nur noch drei Wochen bis dahin, und es war wahrscheinlich zu spät. Nicht nur dass Melanie und Sophie schon ein Hotel in der Nähe des Turniergeländes gebucht hatten, Georgias Mutter hatte sich auch bereits einen Tag freigenommen, um Georgia zum Wettkampf zu fahren. Georgia wusste, dass dies nicht einfach war für sie. Und natürlich kamen auch Daniel und Emma zum Zuschauen, die sich extra dafür von der Schule hatten befreien lassen. Alle freuten sich schon darauf, und Georgia würde alle enttäuschen, wenn sie die Sache nun nicht durchzog.

Sie blickte aus dem Fenster und sah zu Lily hinüber, die friedlich neben dem Zaun graste. Nein, Melanie durfte nicht erfahren, wie es Georgia bei dem Gedanken ans Turnier wirklich ging. Stattdessen lächelte sie betont fröhlich und versuchte, sich auf den Stundenplan für den Turniertag zu konzentrieren und ihre Ängste zu unterdrücken.

»Bist du so weit, Georgia?«, rief Mrs Black am nächsten Abend. Sie wartete – die Autoschlüssel bereits in der Hand – mit Pip am Fuße der Treppe auf ihre Tochter.

»Ich komme, Mum.« Georgia fuhr sich noch rasch mit dem Kamm durch ihr zerzaustes blondes Haar und hüpfte auf einem Fuß herum, während sie ihren anderen Turnschuh suchte, den Pip versteckt haben musste. Auch Emma wartete schon in ihrer neuen pinkfarbenen Jeans und einem schwarzen Pulli an der Tür. Das Chaos bei ihrer besten Freundin amüsierte sie.

Georgia hatte einen Abend frei und musste sich nicht um Lily kümmern. Die beiden Mädchen besuchten eine Informationsveranstaltung des Ponyclubs in der Gemeindehalle. Janey schaffte es immer, alle zur Teilnahme zu überreden. Georgia hatte das Gefühl gehabt, nicht nein sagen zu können, auch wenn sie lieber mit Lily trainiert hätte. Melanie hatte Georgia die Teilnahme ebenfalls empfohlen, nicht zuletzt, weil sie selbst an der Organisation des Abends mitgewirkt hatte. Meist waren diese Veranstaltungen auch ziemlich interessant, es gab Vorträge über das Flechten der Mähnen oder Dressurreiten, und manchmal waren sogar berühmte Vielseitigkeitsreiter zu Besuch. Heute war der Vortrag etwas weniger aufregend – ein Erste-Hilfe-Kurs. Georgia hatte im letzten Sommer das Pech gehabt, sich das Handgelenk zu brechen, und hoffte, sich nie wieder eine Verletzung beim Reiten zuzuziehen. Es war furchtbar gewesen, ein paar Wochen lang gar nicht reiten zu können. Aber vielleicht würde sie ja heute Abend etwas Nützliches lernen.

Als Georgias Mutter die beiden Mädchen zur Halle fuhr, erkundigte sie sich nach deren Schultag. Emma beantwortete bereitwillig alle Fragen, aber Georgia war müde und sagte nicht viel. Besorgt warf ihr ihre Mutter einen Blick von der Seite zu.

»Alles in Ordnung, Liebes?«, fragte sie.

»Bestens«, antwortete Georgia und versuchte, nicht zu abweisend zu klingen. Weitere Fragen ihrer Mutter waren das Letzte, was sie jetzt noch brauchte. Dadurch käme womöglich nur heraus, wie nervös sie in Wirklichkeit war. »Ich habe nur über das Turnier nachgedacht.«

Mrs Black musterte ihre Tochter noch einmal, bevor sie erwiderte: »Ich hoffe, du denkst auch über die Schule nach, Georgia. Du weißt, dass du bald wieder wichtige Prüfungen hast?«

»Aber klar doch, Mum.« Georgia wusste, dass sie in der Schule gut sein – oder zumindest ihr Bestes geben – musste. Es war eine der Bedingungen, die ihre Mutter gestellt hatte, wenn Georgia Lily als Pflegepferd behalten wollte. Sie lächelte so überzeugend wie nur möglich. »Ich verspreche, dass ich nach dem Turnier an nichts anderes mehr denken werde als an die Schule.«

Natürlich stimmte das nicht ganz, aber zumindest schien es ihre Mutter zufriedenzustellen. Als sie an der Halle angekommen waren, entdeckten sie Harry Blake. Er hing vor dem Eingang mit ein paar der beliebtesten Mädchen herum. Als sie ausstiegen, grinste er und zwinkerte Emma zu, die daraufhin kicherte.

»O Mann, Emma!«, murrte Georgia leise. Der Typ musste wirklich immer flirten! Seit Georgia als Mitglied des Round-Barrow-Teams mit Wilson an einem Turnier teilgenommen hatte, kamen Harry und sie etwas besser miteinander aus, trotzdem fand sie ihn ausgesprochen nervig. Heute Abend wollte er zu ihrer Überraschung jedoch mit ihr reden, denn er verließ den Kreis seiner Fans und kam zu ihr.

»Hi, Georgia«, grüßte er freundlich.

»Hi, Harry. Wie geht es Hector?«, antwortete Georgia.

»Ihm geht es super«, antwortete Harry grinsend. »Er ist blendend in Form, genau wie ich!«

Georgia schnitt ein Gesicht, und Harry lachte laut auf, bevor er fortfuhr. »Ich habe gehört, Will Bowen ist zur Zeit bei euch auf Redgrove?«

»Ja«, bestätigte Georgia überrascht. »Warum? Kennst du ihn?«

»Ob ich ihn kenne?« Harry grinste. »Nein, nicht persönlich, aber meine Schwester war im gleichen Ponyclub-Team wie sein Bruder Jasper. Und der ist ja der totale Star, praktisch der beste Working-Hunter-Reiter im ganzen Land …« Er klang richtig ehrfürchtig, als er fortfuhr. »Du hast ja solches Glück, dass Will bei euch ist. Ich wette, er ist genauso toll wie sein Bruder!«

Harrys Bewunderung für die Bowens überraschte Georgia nicht. Will führte ein recht außergewöhnliches Leben – er ging nicht zur Schule und ritt bei Turnieren im ganzen Land, und das auf richtig tollen Ponys. Georgia versprach Harry, ihn mit Will bekanntzumachen, und ging dann mit Emma in die Halle, um ihre Plätze einzunehmen.

Die Rednerin des Abends war eine sympathische Frau in Jeans und einem schicken Pulli. Nachdem sie sich vorgestellt hatte, begann sie mit ihrem Vortrag, bei dem sie verschiedene Fotos von Stürzen und Reitverletzungen zeigte. Dabei erntete sie jede Menge Geraune von den Zuschauern. Der Vortrag war eigentlich viel interessanter, als Georgia erwartet hatte. Nicht nur Verletzungen wurden besprochen, sondern auch Notfälle. Georgia erinnerte sich daran, wie sie damals auf dem Hof der Smalleys ausgeholfen hatte und Secret entwischt war. Zum Glück hatte er sich zwar nicht verletzt, aber Lucy, eine der früheren Reiterinnen, hatte sich ein Bein gebrochen. Die ganze Situation war ziemlich gefährlich gewesen und hatte Georgia Angst gemacht.

Wenn sie daran dachte, bekam sie immer noch eine Gänsehaut.

Als der Vortrag beendet war, unterhielten sich die Mitglieder des Ponyclubs beim Verlassen der Halle angeregt. Emma sah ein wenig blass aus – wenn es um Verletzungen ging, sei es bei Pferden oder Menschen, machte ihr das immer zu schaffen. Georgia, die sich vorstellen konnte, als Tierpflegerin zu arbeiten, falls das mit der Reitkarriere nicht klappen sollte, ließ sich unterdessen noch einmal die wichtigsten Punkte des Vortrags durch den Kopf gehen.

»Ich hoffe, dass wir dieses Zeug nie brauchen werden«, meinte Emma seufzend, als sie draußen auf Georgias Mutter warteten.

»Ich auch, Em«, stimmte Georgia ihr ernst zu. Sie hatte im vergangenen Jahr mehr als genug erlebt!

Kapitel sechs

»Möchtest du, dass ich heute Abend mit dir nach Redgrove komme, Georgia?« Daniel legte den Arm um ihre Schultern, als sie am nächsten Nachmittag in der Schule zwischen dem Hauptgebäude und dem Kunsttrakt entlangliefen. Heute war Orientierungstag, und Georgia war gerade auf dem Weg zu einem Beratungsgespräch. Wenn ein anderer Junge den Arm um sie gelegt hätte, hätte Georgia ihn weggestoßen, doch Daniel war einer ihrer besten Freunde. Eigentlich waren sie sogar mehr als nur Freunde. Sie hatten sich schon ein paarmal geküsst, doch Dan wusste, dass für Georgia Ponys das Wichtigste waren, und so hatte sich ihre Beziehung in letzter Zeit wieder mehr in Richtung Freundschaft entwickelt.

»Das wäre toll«, antwortete Georgia. »Heute Abend hab ich eine Unterrichtsstunde bei Janey.« Da würde sie sich sehr über seine Unterstützung freuen. Normalerweise unterrichtete Melanie sie, doch Melanie hatte an diesem Abend keine Zeit. Aus Angst zu zeigen, wie nervös sie war, hatte Georgia versucht, das Training zu verschieben, doch Melanie hatte die Stunde bereits arrangiert, also musste Georgia auf jeden Fall hin.

»Okay … dann treffen wir uns nach der Schule an der Bushaltestelle.« Daniel lächelte Georgia aufmunternd zu, und sie fühlte sich gleich viel besser. Solange Daniel bei ihr war, war alles immer in Ordnung. Beruhigt durch die Aussicht auf seine Unterstützung, betrat sie das Zimmer, in dem das nächste Gespräch stattfinden sollte.

Die Berufsberaterin war eine recht energische ältere Frau, die eine hochgeschlossene Bluse und eine Brille, die relativ weit unten auf ihrer Nase saß, trug. Sie überflog ihre Unterlagen, dann bedeutete sie Georgia, sich zu setzen. »Hallo, Georgia … Georgia …«

»Black«, half Georgia ihr weiter. Sie wurde nun doch nervös, auch wenn sie gar nicht genau wusste, warum.

»Also, Georgia Black, hast du schon eine Ahnung, was du nach der Schule machen möchtest?«, fragte die Frau mit einem erwartungsvollen Blick.

»O ja.« Georgia nickte. »Ich möchte meinen eigenen Reiterhof haben und dort die Ponys so trainieren, dass sie zu den Besten gehören.«

»Hoppla!« Die Frau strahlte sie an. »Zumindest weißt du, was du willst. Ich habe mich in meiner Jugend auch fürs Reiten begeistert, fürs Springreiten, um genau zu sein. Reitest du denn jetzt auch schon?«

Georgia nickte wieder und erzählte der Frau, dass sie

sich für die Teilnahme beim Wettbewerb *Pferd des Jahres* qualifiziert hatte.

Die Beraterin wirkte beeindruckt. »Donnerwetter! Das ist ja ein guter Anfang!«, meinte sie. »Du musst Nerven aus Stahl haben!«

Georgia lächelte schwach und schluckte. Nichts konnte weiter von der Wahrheit entfernt sein. Einen kurzen Moment lang überlegte sie, ob sie dieser freundlichen Frau vielleicht ihr Herz ausschütten sollte. Doch das würde letztlich ihre unausgesprochenen Probleme nur noch realer scheinen lassen, und dann müsste sie wirklich etwas dagegen tun.

Schließlich stimmte es ja, dass sie mit Ponys arbeiten und für Turniere trainieren wollte ... es war nur so, dass ihre Gedanken momentan so durcheinanderwirbelten. Sie versuchte stattdessen, begeistert zu klingen, als die Frau ihr weitere Fragen zu ihren Plänen stellte. Langsam wurde sie immer besser darin, ihre wahren Gefühle zu verbergen.

Niemand war zu sehen, als Georgia und Daniel nach der Schule auf Redgrove Farm ankamen, aber Santa war in ihrem Stall und bediente sich zufrieden aus einem Heunetz. Sie schob den Kopf über die Tür und wieherte, als Georgie Lily hinausführte.

»Wo ist denn Will?«, fragte Daniel, nahm sich eine Bürste und begann, Lilys goldfarbenes Fell zu striegeln.

»Ich weiß nicht.« Georgia hielt kurz inne und sah sich auf dem Hof um. Normalerweise war er immer da. Santa stand noch in ihrer Box, was bedeutete, dass Will erst später reiten würde – wenn auch hoffentlich nicht zur gleichen Zeit wie Georgia. Seit sie sich das letzte Mal vor ihm so blamiert hatte, versuchte sie, das zu vermeiden. Meist kam Janey morgens, wenn Georgia in der Schule war, zur Farm herüber, um Will zu trainieren. Anscheinend ritt Will gar nicht mehr aus, nicht seit er Georgia damals beim Überholen so erschreckt hatte. Er schien sich hauptsächlich aufs Springen zu konzentrieren.

»Du kommst inzwischen doch besser mit ihm aus, oder?«, fragte Daniel beiläufig und konzentrierte sich ganz darauf, Lilys Mähne auszukämmen.

Georgia runzelte die Stirn. »Ich denke schon, aber ich werde einfach nicht schlau aus ihm. Seine Laune schwankt dauernd. Warum fragst du?«

Bevor Daniel antworten konnte, wurde das Hoftor geöffnet und ihr Gespräch damit unterbrochen.

»Hallo, Georgia, bist du schon bereit loszulegen?« Janeys raue Stimme schallte über den Hof. Die Reitlehrerin kam zielstrebig auf sie zu. Wie immer war sie schick gekleidet und trug eine leichte Daunenjacke, Reithosen und glänzende Reitstiefel.

»Ja, klar.« Georgia hatte Lily bereits fertig aufgezäumt, ihr schlichter Trensenzaum brachte ihren zierlichen

Kopf besonders zur Geltung. Georgia verschlug es bei Lilys Anblick immer noch den Atem. Sie konnte kaum glauben, dass sie sich wirklich um ein derartig außergewöhnliches Pflegepony, eine so besondere Stute, die ebenso gutmütig wie schön war, kümmern durfte. Sie schloss jetzt den Verschluss ihrer dunkelblauen Reitkappe und ließ sich von Daniel einen Extraschwung zum Aufsitzen geben. Dann ritt sie auf den Platz zu Janey, die wegen der Kühle ihre Jacke bis ganz oben zugeknöpft hatte.

»Also gut.« Janey ließ Georgia im Schritt gehen und bewunderte die flüssigen Bewegungen des Palominos. Georgia saß allerdings ziemlich steif im Sattel, und ihre Hände umklammerten die Zügel. Janey runzelte die Stirn, da sie von Georgia normalerweise eine entspanntere Reithaltung gewöhnt war. »Alles okay, Georgia?«, rief sie.

Georgia holte tief Luft und zwang sich zu einem Lächeln. »Bestens!«, erwiderte sie so fröhlich wie möglich und bemühte sich sehr, sich zu entspannen. Doch auch Lily spürte ihre Nervosität und zuckte mit den Ohren, als wolle sie ihre junge Herrin fragen, was los war.

»Na dann«, sagte Janey verblüfft und fuhr mit dem Unterricht fort. Sie wies Georgia an, anzutraben und ihr die Einzelvorführung zu zeigen, die sie mit Melanie einstudiert hatte.

Diese Vorführung sollte der Jury beim Wettbewerb

zeigen, wie exakt jedes Pony reagierte, ohne dass dabei der Bewegungsablauf zu stark eingeschränkt wurde. Georgia hatte sich die vorgesehenen Bahnfiguren aufgeschrieben und sich diesen Plan jeden Abend vor dem Schlafengehen angesehen, um ihn sich einzuprägen. Jetzt ritt sie im Trab einen Zirkel und stellte sich vor, Janey sei die Preisrichterin. Sie wechselte diagonal durch die ganze Bahn. Musste sie danach nun auf der linken oder der rechten Hand reiten? Georgias Hirn war völlig leer. Sie wählte die linke Hand, fürchtete dann jedoch voller Panik, die falsche Entscheidung getroffen zu haben, und wechselte nach rechts, was zu einem unbeholfenen Trab auf dem falschen Fuß führte.

»Ho, mein Mädchen.« Georgia hielt Lily an und kraulte sie, um sich bei der kleinen Stute zu entschuldigen. Natürlich war es ihre Schuld gewesen, nicht Lilys. Wieder runzelte Janey die Stirn. Georgia saß immer noch steif da, den Mund entschlossen zusammengepresst. Sie lenkte Lily zurück durch die Diagonale. Jetzt musste sie eine Passage reiten, also Lilys Tritte verlangsamen, so dass ihre Beine länger in der Luft waren.

Prompt trieb sie Lily zu schnell an, und die kleine Stute, von den Anweisungen ihrer Reiterin völlig verwirrt, legte einen abgehackten Galopp hin. Der Rest des Trainings verlief nicht viel besser, und als Georgia schließlich vor Janey anhielt, zitterten ihre Lippen und in ihren Augen standen Tränen. Sie beugte sich nach vorn und tätschelte immer wieder Lilys Hals, und fühlte sich furchtbar. Die arme Lily, es war nicht ihre Schuld.

»Georgia«, begann Janey vorsichtig. »Was ist denn los?«

Georgia wischte sich mit dem Handrücken über die Augen und versuchte, ihre Stimme unter Kontrolle zu bringen, bevor sie antwortete. »Tut mir leid«, sagte sie so munter wie möglich. »Ich glaube, ich habe einfach nur einen schlechten Tag, das ist alles.«

»Wirklich?« Janey klang nicht gerade überzeugt.

»Georgia, du willst doch zum Turnier, oder nicht?«

Georgia nickte heftig und versuchte dabei, möglichst überzeugend auszusehen.

»Na gut.« Janey wollte offensichtlich nicht weiter nachhaken. »Dann zeig mir doch einfach mal ein paar gelungene Übergänge, danach kannst du Lily auf der Weide abkühlen lassen.« Sie tätschelte Lilys Hals. »Wenn wirklich nicht noch was anderes ist?« Sie ließ die Frage in der Luft hängen.

Die restliche Unterrichtsstunde verlief mehr oder weniger ähnlich, endete jedoch zumindest mit einem ordentlichen Durchparieren. Georgia hatte letztlich die gleichen Fehler gemacht wie damals, als Will zugesehen hatte. Sie konnte Lily absolut keinen Vorwurf machen. Sie hatte ihr die falschen Hilfen und Zeichen gegeben und war einfach schrecklich geritten. Lily war ein sensibles Pony, das umsichtige Führung benötigte, und mit diesem Wissen fühlte Georgia sich nur noch schlechter.

Georgia bedankte sich bei Janey für die Stunde, doch die Reitlehrerin nickte nur und tätschelte Lilys Hals. Georgia ließ die Zügel fallen und führte das kleine Palomino-Pony auf die Koppel, um es abzukühlen. Daniel verließ seinen Platz hinter dem Zaun und folgte ihr.

»Georgia?« Daniel fragte direkter als Janey. »Ich glaube, dass du doch Angst vor dem Turnier hast, und deshalb hattest du heute auch Probleme beim Reiten. Warum tust du dir das denn an?« Er streichelte das Palomino und fügte hinzu: »Dir und Lily, um genau zu sein?«

»Alles ist bestens!« Georgia klang viel bissiger, als sie wollte. »Ich komme schon klar. Es ist so, wie ich Janey gesagt habe, ich hatte einfach nur einen schlechten Tag, das ist alles. Den hat doch jeder mal, sogar du. Oder bist du etwa immer perfekt?!«

Sofort bereute sie ihre schnippische Antwort. Doch wie hätte sie denn auch erklären sollen, dass sie tatsächlich am liebsten nicht beim Turnier reiten wollte? Doch das konnte sie Melanie nicht antun, die so viel Zeit in sie und Lily investiert hatte. Es war unmöglich, jetzt noch einen Rückzieher zu machen. Außerdem: War es denn nicht ihr größter Traum, nach der Schule eine erfolgreiche Turnierreiterin zu werden? Kein Profi gab auf, nur weil er vor dem Turnier ein wenig nervös war.

»Okay.« Daniel ließ die Hand, mit der er gerade noch Lilys Hals gestreichelt hatte, fallen. Georgia fühlte sich noch schlechter, als sie seinen verletzten Gesichtsausdruck sah.

»Daniel ...«, begann sie, ohne genau zu wissen, was sie sagen sollte, aber sie wusste, dass sie sich entschuldigen musste.

»Kein Problem, Georgia«, stieß Daniel hervor, ohne sie anzusehen. »Mir ist gerade eingefallen, dass ich meinem Dad versprochen hatte, ihm heute Abend mit den Kälbern zu helfen.« Er drehte sich um und lief zurück zum Stall. »Dann bis morgen in der Schule.« Damit war er auch schon verschwunden.

Georgia fühlte sich schrecklich und führte Lily im Kreis, um sie abzukühlen. Dabei versuchte sie, sich zu sammeln. Sie hätte Daniel nicht so anfahren sollen, und sie nahm sich vor, ihm eine Nachricht zu schicken, sobald sie Lily abgezäumt hatte. Schließlich hatte Daniel ja recht – sie war tatsächlich schrecklich nervös wegen des Turniers. Sosehr sie auch versucht hatte, sich einzureden, dieses Turnier sei wie jedes andere, wusste sie doch, dass das nicht stimmte. Aber was würde sie wohl mehr bedauern: Jetzt einen Rückzieher zu machen oder wie geplant weiterzumachen und sich dabei schrecklich mies zu fühlen? Wenn sie darauf nur die Antwort wüsste ...

Kapitel sieben

Janeys blauer Landrover war nicht mehr da, als Georgia mit Lily zum Stall zurückkehrte. Sie hatte sich auf der Koppel viel Zeit gelassen, um sich wieder zu beruhigen. Im Hof brannte Licht, das einen warmen, orangefarbenen Schein auf Santa, Wilson und Callie warf, die bereits für die Nacht in den Stall gebracht worden waren. Callie wieherte, als sie Lily entdeckte, als wolle sie fragen, wo sie denn gewesen sei. Georgia stellte zu ihrer Erleichterung fest, dass Melanies Auto nicht zu sehen war. Wenn noch jemand sie fragen würde, wie es ihr ging, würde sie bestimmt sofort in Tränen ausbrechen, und dann müsste sie alles zugeben. Dann könnte sie die Teilnahme am Turnier vergessen, und alles wäre allein ihre Schuld.

Allerdings stand da ein Auto, das Georgia nicht kannte – eine teuer aussehende dunkelblaue Limousine –, und Will und ein schick gekleideter Mann kamen gerade aus dem Stall. Beide schauten grimmig drein und waren gewiss nicht in der Stimmung für Smalltalk.

Georgia beeilte sich, Lily zurück in ihre Box zu bringen und sie abzuzäumen.

Will und der Mann redeten leise, mit unterdrückten, aber wütenden Stimmen.

»Unmöglich, Will, es funktioniert einfach nicht!«

Der Mann drückte sich sehr gewählt aus und hatte den gleichen Akzent wie Will. Georgia überlegte, ob er wohl zu Wills Familie gehörte, aber er sah zu jung aus, um Wills Vater sein zu können. Außerdem hatte er weißblondes Haar, ganz anders als Will. Der Mann fuhr fort, und seine Stimme wurde lauter. »Ihr habt gerade noch so die Qualifikation geschafft, und seitdem wurdet ihr immer schlechter. Die Stute hat ihre beste Zeit hinter sich, genau wie dein Bruder und du. Wir werden zur Lachnummer, wenn du mitmachst.«

»Gib uns nur noch *eine* Chance.« Wills Stimme klang bittend.

Georgia wusste nicht, was sie tun sollte – im Stall bleiben und zuhören oder lieber gehen und dabei von den beiden gesehen werden? Sie entschied sich dafür zu bleiben, wo sie war, und legte die Arme um Lilys Hals, denn sie hatte immer noch ein schlechtes Gewissen, weil sie heute so miserabel geritten war. Lily schnaubte leise und verzieh ihr wie immer. Gleichzeitig bewegte sie jedoch die Ohren – offensichtlich reagierte sie auf die angespannte Stimmung im Hof. Georgia fragte sich gerade, wie lange sie wohl noch in Lilys Stall festsäße, als sie auch schon das Geräusch von Stiefeln im Hof hörte und ihr klarwurde, dass der Mann wütend davonstürmte.

Sie wartete noch kurz, dann verließ sie leise Lilys Stall, um unbemerkt das Zaumzeug an den Haken zu hängen und sich ihr Fahrrad zu schnappen, das neben dem Hoftor stand. Doch sie lief geradewegs Will in die Arme, der Santas Zaumzeug über seiner Schulter trug. Er sah gestresst aus und war mit seinen Gedanken ganz woanders. Georgia war es unglaublich peinlich, dass sie die Unterhaltung mit angehört hatte.

»Ähm, hi, Will.« Sie blickte auf den Boden und fuhr mit den Fingern über Lilys Zaumzeug.

»Georgia ...« Will sah ernst und blass aus. »Du erzählst Melanie doch nichts davon, oder?«

»Wovon?« Jetzt wurde Georgia doch neugierig. »War das denn nicht, ähm, dein Bruder?« Mehr brachte sie gar nicht über die Lippen, als sie Will ansah, dessen Gesicht sich jetzt verdunkelt hatte.

»Das ist nicht mein Bruder. Aber genau wegen meinem Bruder sind wir jetzt in dieser blöden Lage«, zischte er und lief aufgebracht zur Sattelkammer, gefolgt von Georgia, die nun völlig verwirrt war.

»Hör mal, vergiss es einfach, okay?« Will winkte ab. »Es geht nur Ryan und mich etwas an, niemanden sonst, okay?« Er deutete mit dem Kopf in Richtung der schnell davonfahrenden blauen Limousine und lächelte schief.

»Ehrlich, Georgia, ich wäre echt froh, wenn ich mir nur Sorgen wegen meiner Nervosität machen müsste.« Er ließ sich schwer auf die alte Holzbank im Hof fallen. Plötzlich war er kreidebleich und zitterte.

»Will, ist wirklich alles in Ordnung?«, fragte Georgia besorgt. Er sah nicht besonders gut aus – das Haar klebte an seiner feuchten Stirn, und er hatte dunkle Ringe unter den Augen.

»Mir geht es bestens. Vergiss es einfach«, antwortete Will kurz, stemmte sich hoch und stürmte zum Haus. Georgia blieb verblüfft im Hof zurück und fragte sich, was bloß los war.

Was immer es war, der Besuch dieses Mannes hatte Wills Selbstvertrauen ganz offensichtlich erschüttert. Georgia seufzte schwer. Wenn sie ihm nur helfen könnte, aber Will ließ niemanden an sich ran. Das Einzige, was sie mit Sicherheit sagen konnte, war, dass sie scheinbar nicht die Einzige auf Redgrove war, die ihre wahren Gefühle verbarg.

»Bist du so weit, Georgia?« Melanie hatte am nächsten Tag die Autoschlüssel ihres Geländewagens in der einen Hand und eine mit Kaffee gefüllte Thermoskanne aus Edelstahl in der anderen. Statt zu reiten, waren Georgia und Melanie auf dem Weg zu einer großen Sattlerei etwas außerhalb, die an wenigen Abenden in der Woche länger geöffnet hatte. Melanie hatte Will gefragt, ob es ihm etwas ausmachen würde, beim Ausritt auf Santa auch Lily mitzuführen, da die beiden Stuten so gut miteinander auskamen. Dadurch hatten Melanie und Georgia die Zeit, um fürs Turnier einkaufen zu gehen. Will war einverstanden gewesen, und Georgia war froh, dass sie ihn nicht selbst hatte fragen müssen. Nach ihrem Gespräch am Vorabend war die Stimmung zwischen ihnen nicht gut. Will wirkte niedergeschlagen, und offensichtlich ging ihm viel durch den Kopf.

Georgia fand den Besuch in der Sattlerei toll. Es roch herrlich nach frischem Leder und Sattelseife, und es gab all die herrlichen Accessoires, die sie liebend gern für Lily gekauft hätte – glitzernde Stirnbänder, karierte Pferdedecken, farbenfrohe Manschetten –, die Liste war endlos. Sie hatte ein wenig Taschengeld gespart und wollte mit Melanie noch letzte Kleinigkeiten fürs Turnier kaufen. Auf der Einkaufsliste standen ein Paar neue Handschuhe, um Georgias abgetragenes Paar zu ersetzen, und einige Accessoires für Lily, die während des Turniers dort in der Nähe in einem Leihstall untergebracht sein würde. So etwas kannte Lily bislang noch nicht, und Georgia hoffte, dass es ihr nichts ausmachen würde. Melanie hatte ihr versichert, dass Pferde normalerweise keine Probleme damit hatten, solange es ihre gewohnten Betreuer waren, die sie in den fremden Stall brachten.

In der Sattlerei war nicht mehr viel los, und sie hatten

vor Geschäftsschluss auch nur noch eine halbe Stunde Zeit, doch für Georgia und Melanie war es ausreichend, um alles Nötige auszusuchen. Als sie an der Kasse warteten, sah sich Melanie lächelnd die Auslagen in einer kleinen Vitrine an. »Hier, Georgia«, sagte sie und holte eine schmale silberne Anstecknadel mit einem glänzenden silbernen Huf in der Mitte heraus. »Ich denke, das wäre der perfekte Glücksbringer für dich. Was meinst du? Ich schenke sie dir.«

Georgia betrachtete das hübsche Schmuckstück. »Ach, mach dir doch bitte keine Umstände, Melanie«, lehnte sie verlegen ab.

»Ich bestehe darauf!« Melanie lächelte und reichte dem Mann hinter der Kasse die Nadel. »Schließlich nimmt man nicht jeden Tag beim Wettbewerb *Pferd des Jahres* teil. Das ist wirklich etwas Besonderes!«

Als sie den Laden mit ihrer Tüte voller Einkäufe verließen, umklammerte Georgia die kleine Schachtel mit der Anstecknadel und spürte wieder die bereits vertraute Nervosität in sich aufsteigen. Zum wohl tausendsten Mal überlegte sie, warum sie Melanie nie erzählt hatte, wie nervös sie war. Aber vielleicht würde die kleine Nadel ihr tatsächlich Glück bringen. So wie ihr Training in letzter Zeit verlief, konnte sie es gut gebrauchen!

»Du bist so still. Alles okay mit dir, Georgia?«, fragte Melanie und warf ihr einen Blick von der Seite zu, als sie nach Hause fuhren.

Georgia hielt immer noch die Schachtel mit der Anstecknadel in der Hand und dachte darüber nach, was die nächsten Tage wohl bringen würden und ob zwischen Daniel und ihr wieder alles in Ordnung käme. Er war ein echt netter Kerl. Deshalb hatte sie auch ein furchtbar schlechtes Gewissen, dass sie ihn so angefahren hatte. In der Schule hatte er seitdem kaum mit ihr gesprochen und stattdessen mit seinen Freunden vom Rugby-Team zu Mittag gegessen.

»Entschuldige, Melanie. Ich bin nur müde.« Georgia versuchte zu lächeln und musste sogar wirklich gähnen. Sie war tatsächlich sehr müde. Zur Zeit schlief sie nicht besonders gut und wachte nachts oft auf, weil sie davon träumte, dass beim Turnier fürchterliche Katastrophen passierten. Sie fiel aus dem Sattel, Lily scheute vor der Arena oder noch viel Schlimmeres. Wenn sie nur Daniel gegenüber zugegeben hätte, wie nervös sie war, dann hätte sie ihm wenigstens hin und wieder schreiben können, wenn sie nicht schlafen konnte. Aber das ging jetzt nicht mehr – nicht nachdem sie ihn so angefahren hatte. Das hieße ja, dass sie sich die Wahrheit eingestand, und Georgia hatte beschlossen, dass niemand wissen sollte, wie sie sich wirklich fühlte.

Melanie betrachtete sie besorgt. »Ich denke, nach der Meisterschaft wird dir und Lily eine Pause guttun. Ihr habt wirklich hart gearbeitet«, stellte sie fest. »Wir gönnen ihr dann eine einmonatige Verschnaufpause auf der Weide und fangen erst nach Weihnachten wieder langsam mit dem Training an. Was meinst du?«

Georgia nickte. Das hörte sich wirklich toll an. Sie konnte dann einfach auf die Farm kommen und ihre kleine Stute striegeln und mit ihr ausreiten. Um genau zu sein, klang es wie der Himmel auf Erden.

Melanie lächelte, und ihre Augen strahlten, als sie fröhlich fortfuhr: »Ist es nicht wahnsinnig aufregend? Schon in ein paar Tagen sind wir zum absolut größten Turnier unterwegs!«

Bei dem Gedanken, wie es *nach* dem Turnier weitergehen würde, hatte sich Georgia gleich viel besser gefühlt, aber Melanies Begeisterung für den großen Tag holte sie unsanft wieder auf den Boden der Tatsachen zurück.

Der Geländewagen näherte sich langsam ihrem Zuhause. Als sie ein paar Meilen vor Redgrove von der Hauptstraße abbogen, deutete Melanie auf ein kleines Haus, das, leicht versteckt, ein Stückchen von der Kreuzung entfernt lag. Georgia fuhr diese Strecke nicht sehr oft, da sie nicht auf ihrem Schulweg lag und auch nicht auf dem Weg, den der Bus in die Stadt nahm, also wusste sie nur ungefähr, wo sie sich befanden.

»Dort haben Will und sein Bruder früher gewohnt.« Melanie deutete auf das Haus. »Das ist jetzt ein paar Jahre her. Ich kann gar nicht glauben, dass es noch nicht verkauft wurde. Natürlich ist es inzwischen ein wenig verwildert.«

Es war ein hübsches, wenn auch leicht heruntergekommenes Haus mit einer kleinen Pferdekoppel und einigen verwitterten Nebengebäuden. Ein »Zu verkaufen«-Schild stand im Garten, aber das Haus sah völlig verlassen aus.

»Ach ja?« Georgias Interesse war geweckt. »Warum sind sie denn dort weggezogen?« Sie fand das Haus richtig süß, und eine Koppel neben dem Haus war schon immer ihr Traum gewesen. Doch es sah aus, als lägen Welten zwischen diesem Haus und Wills gegenwärtigem Leben auf dem schicken Reiterhof seines Bruders mit Pferdepflegern und Sponsoren.

»Tja, das ist nun schon eine ganze Weile her«, erzählte Melanie. »Vergiss nicht, dass Jasper um einiges älter ist als du und Will. Jasper war der Allerbeste im Round-Barrow-Ponyclub. Janey war von ihm begeistert, aber dann wurde er von diesem Sponsor entdeckt, und sie zogen fort. Soweit ich weiß, hatte er dann schon bald seinen eigenen Reiterhof. Ich nehme an, Will trat einfach in seine Fußstapfen. Er hat immer zu Jasper aufgesehen. Ihre Mutter – ich wusste nie genau, wo ihr Vater wohnte – zog nach London, als die Jungs das Angebot des Sponsors bekamen. Das hing irgendwie mit ihrer Arbeit zusammen. Sie hatte nie großes Interesse an Pferden gehabt. Das ging alles von Jasper aus.« Melanie verlangsamte die Fahrt, damit Georgia einen Blick in die Einfahrt und aufs Haus werfen konnte. »Jasper ist Wills Vormund, aber es ist sicher nicht einfach für Will, einen so berühmten Bruder zu haben und mit ihm mitzuhalten. Wenn ich mich recht erinnere, lag seine Stärke immer im Umgang mit den jungen Ponys«, überlegte Melanie laut.

Bei dem Eindruck, den Georgia bislang von Will gewonnen hatte, konnte sie sich gar nicht vorstellen, dass er mit Santa hier gewohnt hatte. Dieser Hof war so ganz anders als der große schicke Reiterhof, den er ihr auf den vielen Handyfotos gezeigt hatte.

Für Georgia würde jedoch ein Traum wahr werden, wenn sie mit ihrer Mutter in einem solchen kleinen Haus wohnen könnte und Lily gleich auf der Koppel nebenan stehen würde! Traurig lächelte sie vor sich hin und dachte, dass sie vielleicht einfach nicht aus dem Holz geschnitzt war, aus dem berühmte Turnierreiter geschnitzt wurden, und womöglich doch nie ihren eigenen Reiterhof besitzen würde.

Kapitel acht

»Also, sag mir noch mal, was er gesagt hat.« Es war Freitagabend, und Emma saß bequem auf ihrem Bett. Sie hatten Pizza bestellt, und Emma lackierte sich ihre Fußnägel und hörte Georgia zu, die ihr von den Ereignissen der Woche erzählte. Wegen des Trainings für das Turnier hatte Georgia schon länger keine Zeit mehr gehabt, einen Abend mit Emma zu verbringen. Doch ihre Mutter hatte sie heute dazu ermutigt, zu Emma zu fahren und das Turnier für ein paar Stunden zu vergessen.

Georgia musste ihrer Mutter ja recht geben. Sie hatte ihre Freundschaften in letzter Zeit vernachlässigt. Die Situation zwischen ihr und Daniel war immer noch etwas angespannt, auch wenn Georgia sich inzwischen schon mehrmals für ihre bissige Reaktion entschuldigt hatte. Aber wie Daniel eben war, hatte er alles heruntergespielt, doch für Georgia war klar, dass sie ihn wirklich verletzt hatte. Georgia freute sich schon sehr auf die Zeit nach dem Turnier, seit ihr Melanie vorgeschlagen hatte, es danach etwas langsamer angehen zu lassen – dann konnte sie einfach nur mit ihrem Palomino und ihren Freunden Spaß haben!

»Wie ich schon erzählt habe, Em«, Georgia machte eine Pause zwischen zwei Bissen und dachte wieder an die merkwürdige Begegnung mit Will und dem fremden Mann. »Es war nicht sein Bruder, und ich glaube auch nicht, dass es irgendein Verwandter war. Will sagte, er hieße Ryan. Aber wer es auch war, er sah nicht gerade so aus, als sei er mit Will zufrieden.«

»Hm, was da wohl los ist?« Emma liebte Geheimnisse und Klatsch. Sie zog ihren Laptop unter dem Bett hervor, klappte ihn auf und tippte verschiedene Suchbegriffe ein.

»Was hast du denn vor, Em?« Georgia nahm sich noch ein Stück Pizza.

Emma drehte ihren Computer und zeigte Georgia den Bildschirm. »Recherchieren«, verkündete sie in verschwörerischem Ton.

Georgia, die selbst nicht viel Zeit im Internet verbrachte, blickte auf den Bildschirm. Man sah ein Foto einer wunderschönen dunkelbraunen Stute, die über ein Hindernis sprang. Das Tier kam ihr vertraut vor. Georgia kniff die Augen zusammen, dann wurde ihr klar, warum. Das war Santa! Aber nicht Will war der Reiter, da war sie sich sicher. Er sah ihm zwar ähnlich – er hatte das gleiche dunkle Haar und den gleichen arroganten Gesichtsausdruck –, aber dieser Reiter war älter, etwa Mitte zwanzig.

»Sieh mal.« Emma drehte den Laptop wieder zu sich und begann, den Abschnitt unter dem Foto vorzulesen. »Jasper Bowen. Ist ›Bowen‹ nicht Wills Nachname?«

Georgia erinnerte sich an ihre Unterhaltung mit Will, als er sie gefragt hatte, ob sie nicht schon mal von seinem Bruder gehört hatte.

Emma blickte wieder auf das Foto. »Der sieht aber echt gut aus, findest du nicht? Und er sieht Will ziemlich ähnlich.«

»Emma!« Georgia kicherte. »Ich dachte mir schon, dass Will dir gefällt.«

Emma wurde rot und musste lachen. Sie las weiter, aber kurz darauf runzelte sie die Stirn, und ihr Lachen verstummte.

»Was ist denn, Em?«, fragte Georgia neugierig.

»Ich weiß nicht. Es sieht so aus, als sei Wills Bruder in Schwierigkeiten. Ich verstehe es selbst noch nicht ganz. Hier, lies mal.«

Emma reichte ihrer Freundin den Laptop und blieb selbst im Schneidersitz sitzen, während Georgia langsam die Seite las und dabei jedes Wort mit dem Finger auf dem Bildschirm nachfuhr. Es war eine Seite über Pferde und jede Menge Klatsch. Es gab viele Fotos von Jasper und Santa, aber auch von anderen schönen Ponys. Georgia kannte die Welt des Turnierreitens mittlerweile ein wenig, in der man von teuren Tweedjacken und Preisschleifen umgeben war. Doch das hier war noch viel glamouröser. Die Mähnen der Ponys waren ordentlich geflochten, und ihr Zaumzeug glänzte und funkelte um die Wette. Jasper trug ein sehr teuer aussehendes Jackett.

»Der Liebling der Springreiter im Streit mit seinem Sponsor«, las sie laut vor. »Nach seinem furchtbaren Unfall im Mai hat sich Jasper Bowen, der frühere *National-Working-Hunter*-Meister, mit dem begehrtesten Sponsor des Reitsports – Ryan Cartwright von *Diamond Horses* – entzweit. Wer wird Jaspers Gestüt in Zukunft unterstützen?« Die Worte hämmerten auf Georgia ein. »Es ist nun an Jaspers jüngerem Bruder, William Bowen, den Namen der Familie beim diesjährigen Turnier *Pferd des Jahres* mit dem Schulungspferd der Bowens, der neunzehnjährigen Santa, hochzuhalten – oder die Bowens verlieren möglicherweise alles, einschließlich ihrer Ponys.«

Georgia wurde fast schlecht bei diesen Zeilen, und sie klickte die Seite weg. Mehr wollte sie nicht lesen. Der merkwürdige Besucher auf dem Hof musste Ryan Cartwright gewesen sein. Und Santa war viel älter, als Georgia gedacht hatte. Sie hätte niemals erraten, dass Santa ein bereits neunzehnjähriges Schulungspony war. Wenn man von der Trefferanzahl der Suchmaschine ausging, war sie offensichtlich sehr bekannt. Sie hatte über die

Jahre unzählige Preise und Meisterschaften gewonnen. Kein Wunder, dass Will so stolz auf sie war. Doch war sie immer noch in der Lage, die gleichen großen Herausforderungen zu bewältigen wie früher? Georgia erinnerte sich, dass sie gesehen hatte, wie die Stute die hohen Hindernisse verweigerte. Und die Hindernisse bei den Meisterschaften waren stets höher als bei den Qualifizierungen. Was hatte Jasper wohl getan, um sich mit seinem Sponsor zu entzweien? Warum lag es nun an Will, die Sache zum Guten zu wenden? Es gab so viele unbeantwortete Fragen.

Georgia legte ihr Pizzastück zurück auf den Teller. Sie hatte auf einmal keinen Hunger mehr. Will hatte recht gehabt – das Einzige, worüber sie selbst sich Sorgen machen musste, war ihre Nervosität. Sie erinnerte sich an das kleine Häuschen mit der Koppel, das Melanie ihr erst kürzlich gezeigt hatte. Diese Umgebung schien meilenweit entfernt von Wills jetzigem Leben. Will musste jetzt auf Sieg reiten – und davon hing unglaublich viel ab.

Lilys helle Mähne wehte im Wind. Ihre Hufe machten kaum ein Geräusch, als sie durch das hohe Gras galoppierte. Es war einer dieser herrlichen Herbsttage, an dem man fast noch denken konnte, es sei Sommer, wenn sich das Laub nicht gelb färben und die Brombeeren an den Büschen nicht fehlen würden. Georgia atmete im Rhythmus mit Lilys ausholenden Bewegungen ein und aus, während sie die Längsseite der Weide entlanggaloppierte, wo Simon einen schmalen Pfad frei gemäht hatte.

Es war ein perfekter, ruhiger Morgen, lange vor der Frühstückszeit und sicher viel zu früh für die meisten Menschen, die nichts mit Pferden zu tun hatten. Aber für Georgia war das ihre Lieblingszeit. Der Tumult und das Durcheinander der Turnierarena waren so weit weg, und wenn Georgia sich nur auf das Galoppieren konzentrierte, konnte sie so tun, als müsste sie nicht bald am größten Turnier ihres Lebens teilnehmen. Bei solchen Ausflügen – wenn niemand zusah – ritt Georgia immer am besten. Nach ihrer katastrophalen Unterrichtsstunde bei Janey vor einigen Tagen hatte sie es geschafft, die Sache bei Melanie herunterzuspielen, und versichert, dass es nur ein schlechter Tag gewesen war. Melanie freute sich gerade so auf Sophies Besuch, dass sie Georgia sofort geglaubt hatte. Schließlich war Georgia die ganzen vergangenen Monate von ihrer Qualifikation für das Turnier so begeistert gewesen, dass es gar keinen Grund gab, etwas anderes anzunehmen.

Aber sie fühlte sich wegen ihrer Lügen furchtbar schlecht. Am Abend des vorigen Tages hatte sie bei Melanie eine bessere Trainingsstunde zustande gebracht, auch wenn es lange nicht ihrem normalen Standard entsprach und sie nicht so sicher und entspannt ritt wie sonst. Ihre Entdeckung vom Freitagabend bei Emma ging ihr noch immer im Kopf herum. Sie hatte Will das ganze Wochenende nicht gesehen. Er musste später als sie ausgeritten sein, oder er war einfach nur zu einer anderen Zeit im Hof gewesen als sie. Sie würde ihn auch heute wahrscheinlich nicht sehen, denn sie hatte vor, Daniel zu besuchen und ihm auf der Farm zu helfen. Das war schon seit ewigen Zeiten ausgemacht, lange bevor sie sich gestritten hatten. Georgia war sich bewusst, dass sie sich bemühen musste, die Dinge zwischen ihnen wieder in Ordnung zu bringen. Sie hatte ihm zwei Nachrichten geschickt, die jedoch beide unbeantwortet geblieben waren.

Später, beim Abzäumen im Hof, blickte Georgia nachdenklich zum Himmel. Trotz des kühlen Morgens würde es warm werden, und sie wollte ihre kleine Stute auf der Weide nicht mit einer Decke belasten. Sie ließ das Palomino-Pony also ohne Decke auf die Weide. So konnte sich Lily ungehindert im Gras wälzen und noch einige Stunden die Herbstsonne auf ihrem Rücken genießen.

Georgia ritt noch mit Wilson aus, striegelte Callie ausgiebig und überzeugte sich davon, dass alle Boxen für den Abend vorbereitet waren. Dann schnappte sie sich ihr Fahrrad und machte sich auf den Weg zu Daniel. Ihr Magen knurrte – es war inzwischen definitiv Zeit fürs Frühstück, und glücklicherweise musste Daniel das Gleiche gedacht haben, denn aus der Küche wehte ein verlockender Duft nach gebratenem Speck.

»Guten Morgen, Georgia.« Daniels älterer Bruder Ben ließ sie mit seinem üblichen Grinsen ins Haus.

»Morgen, Ben«, antwortete Georgia und errötete ein wenig. Zweifellos würde er Daniel später aufziehen, denn er war überzeugt, dass sein Bruder und Georgia ein Paar waren!

»Hey, Georgia.« Daniels Gesicht war von der Zubereitung des Frühstücks leicht gerötet. Er reichte Georgia ein Schinkensandwich, das er in ein Stück Küchentuch gewickelt hatte, und begann dann aber gleich, seine Stiefel neben der Hintertür anzuziehen, ohne noch etwas zu sagen. Ben bemerkte die merkwürdige Stimmung und hob eine Augenbraue. Zu Georgias Erleichterung machte er jedoch keine Bemerkung. Schweigend folgte sie Daniel zur Hintertür hinaus, und war froh, dass er sie zumindest nicht wieder wegschickte.

Den restlichen Vormittag stürzte Georgia sich in die Arbeit, dankbar für die Ablenkung. Sie hatte keine Scheu davor, sich die Hände schmutzig zu machen, und half gern dabei, die Kälber zu füttern oder mit der Mistgabel frisches Stroh in ihre Boxen zu schaufeln. Durch ihre Hilfe konnte Daniels Vater im Hofladen bedienen, wo sonntags immer viel los war. Die Leute aus der Umgebung kauften Fleisch fürs Mittagessen oder Eier für ein spätes Frühstück. Georgia war froh, dass der Laden wieder gut lief. Schließlich hätte Daniels Familie ihn einmal fast verloren. Vor etwa einem Jahr hatte ein

Investor versucht, sie von ihrem Land zu vertreiben. Es war toll zu sehen, wie schnell die Familie es geschafft hatte, die Farm wieder voranzubringen!

Während Georgia und Daniel arbeiteten, unterhielten sie sich über die Schule, ihre Klassenkameraden und sogar über ihre Hunde – alles, um das Thema *Pferd des Jahres* zu umgehen. Es kam Georgia vor, als meide Daniel absichtlich das Thema Ponys. Dennoch konnte sie nicht anders, als ihm zu erzählen, was Emma und sie am Freitagabend über Will und seine Probleme herausgefunden hatten.

Daniel wirkte ehrlich verblüfft, und genau wie Georgia zuvor stellte er die naheliegendste Frage: »Warum sollte seine Familie in Schwierigkeiten stecken? Vielleicht ist das nur Klatsch. Meinst du wirklich, dass man alles glauben kann, was so geschrieben wird?« So wie er es sagte, klang es etwas harsch, aber Georgia wusste, dass er nicht unfreundlich sein wollte. Er kannte nur einfach Georgias Neigung, von einem Drama ins nächste zu geraten, und ihre Sorge um jedes Pony, das ihr über den Weg lief.

»Ich weiß auch nicht.« Georgia knabberte an ihrem Daumen. »Trotzdem bin ich mir sicher, dass irgendetwas nicht stimmt.«

»Aber Melanie hat doch gesagt, sie würde ein Auge auf Will haben, oder nicht?« Daniel sah sie fragend an.

»Ja, schon.« Georgia zuckte mit den Schultern. »Das

macht sie wahrscheinlich auch. Also ist es egal, solange es Santa gutgeht … das ist es, was mir am wichtigsten ist.«

»Und was ist mit dir?«, fragte Daniel und wechselte doch noch das Thema. Georgia wusste, was er meinte. Er durchschaute sie, auch wenn sie es geschafft hatte, Melanie, ihre Mutter und Emma davon zu überzeugen, dass bei ihr alles okay und sie überhaupt nicht nervös war. »Was war das denn mit der Trainingsstunde neulich?«

»Jetzt hör aber auf, Dan!«, erwiderte Georgia aufgebracht. »Ich hab dir doch gesagt, dass ich einfach nur einen schlechten Tag hatte. Warum glaubst du mir denn nicht?«

Daniel hob nur eine Augenbraue und lockerte weiter das Strohlager der Kälber auf.

Georgia stöhnte innerlich. Eigentlich hatte sie gehofft, dass zwischen Daniel und ihr alles wieder in Ordnung wäre, sobald sie erst den Vormittag miteinander verbracht hatten. Doch jetzt standen sie erneut ganz am Anfang. Sie wusste, dass *er* wusste, dass sie ihre wahren Gefühle verbarg, und sie merkte, dass er sauer auf sie war, weil sie ihm gegenüber nicht ehrlich war. Nicht zum ersten Mal fragte sie sich, warum sie sich all das zumutete. Doch sie hatte ihren Weg gewählt, und jetzt war es zu spät, noch einen Rückzieher zu machen.

Vielleicht war es das Beste, Daniel aus dem Weg zu gehen – nur so lange, bis das Turnier vorbei war.

Kapitel neun

Als Georgia und Daniel schließlich fertig waren, war die Sonne verschwunden. Es wurde frisch, und ein paar Regentropfen fielen. Georgia wusste, dass Daniel eigentlich noch mehr Hilfe gebrauchen konnte, aber er sagte ihr, sie könne ruhig gehen. Definitiv war zwischen ihnen nicht alles in Ordnung, wie Georgia mit einem Seufzer feststellte. Ihr fiel ein, dass Lily ohne Pferdedecke draußen war, und so stieg sie widerspruchslos auf ihr Fahrrad und fuhr zurück nach Redgrove. Für die Teilnahme am Turnier musste Lily besonders gepflegt werden, zum Beispiel durch zusätzliches Striegeln, damit ihr Fell glatt und glänzend wurde. Doch obwohl Lily ein Waliser Bergpony war, spürte sie die Kälte dadurch stärker.

Georgia öffnete das Hoftor und entdeckte zu ihrer Überraschung die dunkelblaue Limousine von neulich. Melanies Auto war jedoch nirgends zu sehen, und im Hof war es ruhig. Georgia eilte in die Sattelkammer, holte Lilys und Wilsons Decken und trug sie hinüber zur Weide, um sie den beiden Ponys rasch überzuwerfen.

Lily schien etwas nervös und blickte immer wieder zum Reitplatz, wo ihre neue Freundin Santa gerade trainiert wurde.

Eine eigenartige Atmosphäre lag in der Luft. Ryan stand am Zaun gelehnt und sah Will beim Training zu. Die Hindernisse waren niedriger als das, vor dem Santa letzte Woche verweigert hatte, und Santa wirkte um einiges glücklicher. Sie schien viel gelassener, während sie die niedrigen Hindernisse nahm, die nicht höher waren als die, mit denen Georgia bis jetzt auf Wilson trainiert hatte.

»Hab ich nicht gesagt …«, Wills Stimme wurde bis zu Georgia herübergetragen, »dass sie gut in Form ist? Geben Sie uns nur noch eine letzte Chance.«

Weder er noch Ryan schienen Georgias Anwesenheit zu bemerken, aber vielleicht war sie ihnen auch einfach egal. Ryan richtete sich auf und sah verärgert aus. Er schien mit Will zu streiten, aber genau verstehen konnte Georgia es nicht. Seine Haltung wirkte jedoch bedrohlich, und Georgia sah sich hilfesuchend um. Auf einmal hatte sie fast ein wenig Angst.

Zu ihrer Erleichterung kam in diesem Moment Melanie durchs Tor. Sie schien die Situation sofort richtig einzuschätzen und marschierte auf Ryan zu. »Ich weiß, wer Sie sind, und ich möchte, dass Sie meinen Hof sofort verlassen«, forderte sie ihn entschlossen auf.

Ryan lachte und lehnte sich wieder gegen den Zaun.

»Das können Sie nicht, denn ich bin der Sponsor dieses Ponys. Es *gehört* mir«, er blickte zu Will, bevor er drohend hinzufügte: »Momentan jedenfalls noch.« Herausfordernd drehte er sich zu Melanie.

»Das ist mir alles völlig egal.« Melanie ließ sich nicht so leicht einschüchtern. »Entweder Sie gehen jetzt sofort, oder ich rufe die Polizei.«

Ryan zögerte einen Moment. Dann nahm er seine Jacke, drehte sich um und ging zurück zu seinem Auto. Allerdings nicht, ohne noch abschließend eine böse Bemerkung anzubringen. »Reiter wie dich gibt es wie Sand am Meer, Will Bowen. Vergiss das bloß nicht!«

Sobald Ryan in seinem Auto weggebraust war, drehte Melanie sich zu Will, der mittlerweile abgestiegen war und Santa deutlich nervös zurück zum Stall führen wollte. »Nicht so schnell, junger Mann«, sagte Melanie entschieden. »Ich denke, du hast etwas zu erklären.« Melanie blickte zu Georgia, die immer noch mit den Ponys draußen auf der Koppel war, und winkte sie zu sich. »Georgia, komm du bitte auch her. Wir müssen diese Angelegenheit klären ... ich dulde keine Geheimnisse auf meinem Hof.«

Sobald Santa auf der Koppel war, gingen Georgia, Will und Melanie in die Sattelkammer und setzten sich zusammen, um zu reden. Georgia bemerkte, dass Wills Hände leicht zitterten. Die Situation war ihr ein wenig peinlich, und verlegen drehte sie einen Führstrick in ihren Fingern hin und her.

»Also, Will.« Melanies Stimme war immer noch entschieden, aber jetzt schon viel freundlicher. »Kannst du mir erklären, was los ist?«

»Ehrlich, es ist nichts weiter«, murmelte Will, die Augen fest auf das Stroh am Boden gerichtet.

»Nun, für mich sah es nicht so aus, als wäre es *nichts weiter*«, erwiderte Melanie. »Und wenn du es mir nicht erklärst, dann fürchte ich, dass ich keine andere Wahl habe, als dich *und* Santa wieder nach Hause zu schicken. Ich kann es nicht dulden, dass Leute wie dieser Mann auf meinem Hof ein und aus gehen. Das verstehst du doch sicher, oder?«

Will nickte mit immer noch gesenktem Blick. »Bitte, lass mich bleiben, Melanie.« Seine Stimme war so leise, dass Georgia ihn kaum verstehen konnte.

Mit zitternder Stimme erklärte er, dass Ryan Cartwright, der Eigentümer von *Diamond Horses*, liebend gern Sponsor für seinen Bruder Jasper gewesen war, solange dieser eine Meisterschaft nach der anderen gewonnen hatte und einer der bekanntesten Springreiter war. Doch alles änderte sich, als Jasper am Anfang der Saison böse stürzte. Seitdem hatte sein Selbstvertrauen extrem gelitten. Jedes Mal, wenn Jasper an einem Turnier teilnahm, endete es unweigerlich damit, dass er ausschied oder einen der hinteren Plätze belegte. Er hatte jedoch besonderes Talent für die Bodenarbeit mit jüngeren Pferden, und deshalb war es nun Wills Aufgabe, statt seines Bruders an den Turnieren teilzunehmen. Doch der Druck war inzwischen fast unerträglich geworden, und Ryan hatte es satt, Sponsor für einen Hof zu sein, der nicht mehr die gleichen Ergebnisse erzielte wie früher.

»Ich hatte schon zu viele letzte Chancen«, sagte Will und blickte auf seine Hände hinab. Er klang, als sei er den Tränen nah. »Ich werde niemals so gut sein wie Jasper, und ich habe ihn im Stich gelassen.«

Melanie sah verwirrt aus. »Braucht ihr denn so dringend einen Sponsor?«, fragte sie verblüfft. »Jasper muss doch nach all diesen erfolgreichen Turnierjahren etwas zurückgelegt haben, oder?«

Will schüttelte den Kopf und errötete leicht. »Alles gehört Ryan – die Ponys, der Transporter, der Hof. Jeder denkt, wir müssten jede Menge Kohle haben, aber in Wirklichkeit gehört uns gar nichts. Jasper hat nie für die Zukunft geplant. Er war nicht viel älter, als ich es jetzt bin, als er das Sponsorenangebot bekam, und damals dachte er, es würde ewig so weitergehen. Ich liebe alle unsere Pferde, besonders die jungen, aber Santa ist etwas ganz Besonderes. Wenn wir *Diamond Horses* als Sponsor verlieren, wird sie verkauft, und wir selbst können es uns nicht mehr leisten, sie zu kaufen.«

Er blickte hoch, sein Gesicht war vor Kummer verzerrt. »Trotz all ihrer Siege wird sie in ihrem Alter nicht mehr viel bringen, also wird sie an jemanden verkauft werden, der nicht auf sie eingeht. Man wird sie einfach nur springen und immer wieder springen lassen, bis sie zusammenbricht, und dann endet sie in einer Auktion, und dann …« Er stieß einen kleinen Schluchzer aus. »Wir haben sie seit über zehn Jahren. Sie darf nicht verkauft werden.«

»Ist das der Grund, weshalb du hierher zurückgekommen bist?«, fragte Melanie verständnisvoll.

Will nickte und blickte geradeaus an die Wand, während er sprach. »Jasper hat den Kopf in den Sand gesteckt und wollte nicht zugeben, dass wir das Gestüt verlieren werden. Er versucht, einen Kredit von der Bank zu bekommen, aber ich dachte, wenn ich einfach gut bei dem bevorstehenden Turnier abschneide, dann zieht sich Ryan vielleicht als Sponsor nicht zurück. Jasper wollte nicht, dass ich es versuche, aber er konnte mich nicht aufhalten. Ich habe meine letzten Ersparnisse genutzt, um einen Anhänger zu mieten und Janey für mein Training zu bezahlen, aber es nützt nichts, es wird nicht funktionieren.« Will legte den Kopf in die Hände und stieß atemlos hervor: »Ryan meint, dass ich nicht gut genug bin, und Santa springt nicht mehr so sicher. Ach, es tut mir wirklich leid, Melanie. Ich hätte dich nicht in dieses ganze Durcheinander mit hineinziehen dürfen.«

»Du brauchst dich nicht zu entschuldigen«, antwortete Melanie freundlich. »Du Armer, diese ganze Last auf deinen Schultern! Ich sag dir, was ich tun werde. Ich werde Sara anrufen, damit sie deinen Bruder hierherschickt. Er ist derjenige, der die Sache klären muss, nicht du.« Dann fuhr sie behutsam fort. »Will, du bist wirklich ein talentierter Reiter, mindestens so talentiert wie dein Bruder, aber du bist zu jung, um die ganze Verantwortung zu übernehmen. Ryan kann nicht so einfach als Sponsor aussteigen – es muss ja irgendeine Art von Vertrag geben. Es kann letztlich immer alles geklärt werden«, versicherte sie.

»Meinst du wirklich?« Will sah zweifelnd drein, klang aber hoffnungsvoll.

Georgia wusste aus eigener Erfahrung, dass es besser war, wenn man seine Probleme mit jemand teilen konnte, besonders mit einer erwachsenen Person wie Melanie.

Melanie stand auf und klopfte sich dabei die Hose ab. »Will, mach dir keine Sorgen mehr. Ich werde einige Telefonate führen und deinen Bruder hierherholen. Vielleicht kann auch Janey mal mit ihm reden.« Dann lächelte sie und fuhr fort: »Und wisst ihr was? Simon wollte für heute Abend Fish & Chips holen. Was sagt ihr zu einem Abendessen bei uns? Du kannst Emma und Daniel einladen, wenn du möchtest, Georgia. Und ruf auch deine Mutter an, damit sie weiß, wo du bist.«

Will und Georgia sahen einander lächelnd an und nickten dann gleichzeitig. Das hörte sich wirklich richtig gut an.

»Und nun geht und holt die Ponys herein«, sagte Melanie und nickte in Richtung der Boxen.

Georgia und Will liefen los und beendeten die abendlichen Arbeiten zusammen. Jetzt, da er nicht mehr so unter Druck stand, plauderte Will ganz ungezwungen, und Georgia stellte zu ihrer Überraschung fest, dass er eigentlich sehr nett war. Seine Arroganz und Angeberei waren offensichtlich nur gespielt gewesen. Sie hatten sogar einiges gemeinsam – es stellte sich heraus, dass Will auch Josephine Smalley sehr gut kannte. Sie unterhielten sich eine ganze Weile über ihr Gestüt, die wunderschönen Ponys und die dortigen Reiter.

Schließlich leistete Emma ihnen Gesellschaft. Sie errötete und kicherte, wenn Will etwas zu ihr sagte. »Wo bleibt denn Daniel?«, fragte sie neugierig, als Georgia wieder einen Blick auf ihr Handy warf.

Georgia seufzte. Er kam anscheinend nicht. Und wer kann es ihm verdenken, dachte sie traurig. Es war alles ihre Schuld. Emma hob die Augenbrauen, verkniff sich aber eine Bemerkung.

Die vier Ponys beobachteten alles, was vor sich ging, mit großem Interesse – Santa klebte dabei an der Seite ihrer neuen Freundin Lily.

Später, als alle zusammen bei Fish & Chips auf den

Pferdedecken in der Sattelkammer saßen, ging es Georgia schon besser – zumindest was die Ponys betraf. Im Vergleich zu dem, was Will alles hatte durchmachen müssen, konnte sie doch wohl den Gedanken an das Turnier aushalten, oder? Sie seufzte. Wenn doch nur zwischen ihr und Daniel wieder alles okay wäre. Aber vielleicht gab es ja nach dem Turnier noch genug Zeit, um alles wieder in Ordnung zu bringen.

Dieser Gedanke stimmte sie froh, und sie gab Lily einen Gutenachtkuss. Danach fuhr Melanie sie und Emma nach Hause.

In dieser Nacht schlief Georgia zum ersten Mal seit langem wieder wirklich gut. Da das Turnier kurz bevorstand, hatte sie guten Schlaf auch wirklich bitter nötig. Als sie am Morgen ausgeschlafen aufwachte, fühlte sie sich schon viel besser, wenn sie an den Wettkampf dachte. Vielleicht, nur vielleicht, hatte sie sich völlig umsonst Sorgen gemacht, und zum Schluss wurde doch noch alles gut!

Kapitel zehn

Georgia erhielt die SMS am Nachmittag, nach der Schule. Sie wartete mit Emma an der Bushaltestelle und hielt sich ihre Schultasche über den Kopf, um nicht patschnass zu werden. Daniel stand mit einem seiner Kumpels aus dem Rugby-Team in der Nähe. In der Schule gingen sie eigentlich relativ normal miteinander um, dennoch hatte Daniel nur genickt, als Georgia ihm erzählt hatte, dass sie inzwischen ein viel besseres Gefühl hatte und auf jeden Fall am Turnier teilnehmen würde. Sie hörte das Summen ihres Handys, holte es aus der Tasche und spähte auf das Display. Diese Nachricht musste sie mehrere Male lesen. Sie kam von Melanie und klang sehr ernst.

Hast du etwas von Will gehört? Er und Santa sind verschwunden.

Die Fahrt mit dem Bus nach Hause schien ewig zu dauern. Zuerst stiegen Daniel und Emma aus und versprachen, später nach Redgrove zu kommen, sollten sie gebraucht werden. Dann schlängelte sich der Bus weiter durch die Straßen, bis er vor Georgias Haus anhielt. Sie sprang hinaus und rannte nach Hause.

Ihre Mutter stand in der Küche und rührte in einem Topf, Pip lag zu ihren Füßen. Sie begrüßte Georgia mit einem Lächeln. »Hallo, mein Schatz!«, rief sie, doch Georgia lief bereits die Treppe hoch und nahm dabei zwei Stufen auf einmal.

»Hallo, Mom«, rief Georgia und tauchte kurz darauf wieder in ihren alten Jeans und einem Pulli auf. »Ich muss gleich zur Farm.«

»Oh.« Ihre Mutter sah enttäuscht aus. »Ich dachte, Montag ist pferdefreier Tag und wir könnten ein wenig Zeit zusammen verbringen. Ich habe dir dein Lieblingsessen gekocht, Spaghetti Bolognese. Danach könnten wir ein wenig fernsehen und uns zusammen einen schönen Abend machen. Du hast in letzter Zeit so viel gearbeitet ...« Ihre Stimme brach ab.

Georgia hatte ein schlechtes Gewissen und gab ihrer Mutter einen Kuss auf die Wange. »Tut mir echt leid, Mum, wirklich ... aber es gibt einen Notfall. Ich erzähl dir alles später.«

»Na gut«, sagte ihre Mutter und rührte weiter. »Aber, Georgia, bitte vergiss nicht, dass du noch was für die Schule tun musst. Du weißt ja, was beim letzten Mal passiert ist, oder?« Ihre Worte erreichten Georgia kaum, denn sie war bereits aus der Tür und schnappte sich ihr Fahrrad.

Als Georgia in Höchstgeschwindigkeit in den Hof von Redgrove fuhr, bemerkte sie gleich, dass auf der Farm jede Menge los war. Ein Polizeiauto parkte neben dem Pferdetransporter, und ein Polizist sprach gerade mit Melanie, die blass vor Sorge war. Als sie Georgia entdeckte, winkte sie diese gleich zu sich. Der Polizist sah sehr nett aus, aber dennoch musste Georgia schlucken. Sie hatte noch nie vorher mit der Polizei zu tun gehabt – abgesehen von damals, als Lilys vorherige Eigentümerin sich ihr Pony wieder zurückholen wollte.

»Wann hast du denn den jungen Mann zuletzt gesehen?«, fragte der Polizist. Er sprach kurz und knapp, aber nicht unfreundlich.

»Ähm, gestern Abend«, stieß Georgia hervor. »Wir haben alle zusammen noch hier gegessen, mit Melanie und meiner Freundin Emma.« Sie drehte sich verwirrt zu Melanie. »Was ist denn los?«

Melanie entschuldigte sich kurz bei dem Polizisten, der sich Notizen machte, und erzählte Georgia, dass sie am Vormittag einige Telefonate geführt hatte, darunter auch eines mit Wills Tante. Daraufhin hatte sie Will beruhigt, dass die Situation mit seinem Sponsor geregelt werden könne. Will hatte auf sie einen erleichterten Eindruck gemacht, und er hatte gefragt, ob er noch ein paar Tage mit Santa bleiben und Georgia vielleicht bei den Vorbereitungen fürs Turnier helfen könnte. Zum letzten Mal hatte Melanie ihn nach dem Frühstück gesehen, kurz bevor sie für einige Besorgungen in den Ort gefahren war. Will hatte Santa gutgelaunt aufgezäumt, um auszureiten. Bei ihrer Rückkehr war er nicht da gewesen, aber sie hatte nicht weiter darüber nachgedacht, bis sie am Nachmittag bemerkt hatte, dass Lily unruhig an der Umzäunung auf und ab lief und anscheinend nach ihrer Freundin suchte. Melanie hatte dann festgestellt, dass Will schon stundenlang fort sein musste.

»Was, wenn er gestürzt ist? Oder Santa verunglückt ist?« Georgia lief es heiß und kalt über den Rücken bei dem Gedanken, dass das hübsche braune Pony womöglich verletzt irgendwo im Gelände lag oder – noch schlimmer – von einem Auto auf der Straße angefahren worden war.

Melanie schüttelte den Kopf. »Das war auch mein erster Gedanke, Georgia«, sagte sie und fuhr sich nervös mit der Hand durch ihr dunkles Haar. »Aber das glaube ich nicht.« Sie erklärte Georgia, dass sie in die Sattelkammer gegangen war, als ihr klargeworden war, dass Will noch unterwegs sein musste. Dort hatte sie festgestellt, dass Santas Zaumzeug und die Tagesdecke aus Baumwolle fehlten. Sie war daraufhin in Wills Zimmer gelaufen und hatte festgestellt, dass seine Sachen noch dort waren, unter anderem seine glänzenden schwarzen Stiefel und sein Turnierjackett. Allerdings fehlten ein kleiner Rucksack und die wichtigsten persönlichen Dinge. Es sah aus, als hätte er sorgfältig überlegt, was Santa und er brauchten, bevor er sich auf den Weg gemacht hatte. Vor ihrem Anruf bei der Polizei hatte Melanie seinen Bruder, seine Mutter und Sara angerufen. Doch niemand wusste, wo Will und Santa steckten.

»Es scheint so, als wäre er absichtlich verschwunden«, sagte Melanie, und ihre Stimme zitterte.

Simon, der ebenfalls mit dem Polizisten gesprochen hatte, legte eine Hand auf ihren Arm. »Es ist nicht deine Schuld«, sagte er beruhigend.

»Es kommt mir aber so vor!«, jammerte Melanie. »Ich habe ihm gestern noch versichert, dass wir die ganze Sache klären werden, aber anscheinend hatte er Angst, dass es doch nicht klappt ... und jetzt kann er mit Santa sonst wo sein. Es ist natürlich meine Schuld. Ich weiß, dass er so tut, als sei er reif und erwachsen, aber trotzdem ist er immer noch ein halbes Kind. Was, wenn ihm etwas passiert?« Sie zog ihr Handy heraus. »Ich habe ihm x Nachrichten geschrieben und ihn angerufen, aber nie eine Antwort bekommen.«

Sie versuchte wieder, ihn zu erreichen, aber es ging sofort die Mailbox dran. »Siehst du?« Melanie klang verzweifelt, als sie Georgia das Handy hinhielt. »Georgia, vielleicht kannst du es noch ein paarmal probieren?«

Georgia nickte und versprach, es weiter zu versuchen. Sie fühlte sich ebenfalls furchtbar. Zum einen, weil sie sich Will gegenüber so schlecht verhalten hatte. Ihr war gar nicht klar gewesen, welche Probleme er hatte, und sie kam sich richtig lächerlich vor, dass sie sich solche Sorgen wegen des Turniers gemacht hatte, während Will doch eigentlich viel größere Probleme hatte. Lily wäre zumindest in Sicherheit. Aber wer konnte wissen, was die Zukunft jetzt für Santa bereithielt …

In diesem Augenblick fuhr ein großer schwarzweißer Transporter in den Hof. Georgia sprang auf und schirmte stirnrunzelnd ihre Augen gegen die späte Nachmittagssonne ab, um nachzusehen, wer das war.

Eine schick gekleidete Frau stieg aus der Fahrerkabine. Ein geflügelter Pegasus und die Worte *Flying Horses Transport* waren auf ihre Jacke gedruckt, und sie wirkte ausgesprochen selbstsicher. Sie scrollte jetzt durch ihr Handy und drehte sich zu Melanie. »Ist das hier die Redgrove Farm?«

»Ja, das ist sie«, erwiderte Melanie kühl.

Ungerührt fuhr die Frau fort. »Wir sollen hier ein Pony für einen Mr Ryan Cartwright abholen. Ist es transportbereit?«

Melanie sah sie verblüfft an. »Transportbereit?«, fragte sie entsetzt. »Soll das heißen, Ryan hat Santa verkauft?«

Die Frau hob abwehrend die Hände. »Hören Sie, ich habe keine Ahnung«, erwiderte sie deutlich genervt. »Wir sind nur damit beauftragt worden, eine Stute abzuholen und sie an einer anderen Adresse abzusetzen. Das ist alles, was ich weiß. Das Drumherum geht mich nichts an.«

Melanie sah die Frau aus zusammengekniffenen Augen an. »Können Sie mir zumindest sagen, wohin das Pony gebracht werden soll?«

Die Frau blickte auf ihr Handy. »An einen bekannten Händler«, antwortete sie und wollte offensichtlich nicht mehr preisgeben.

Georgia hörte, wie Melanie nach Luft schnappte. Sie konnte nicht fassen, dass Santa einfach so verkauft werden sollte.

»Sie können die Stute nicht mitnehmen«, entgegnete Melanie jetzt ruhig, aber entschieden. »Es weiß nämlich niemand, wo sie ist.«

Die Frau verzog das Gesicht. »Wollen Sie mir damit sagen, dass ich den ganzen Weg umsonst gekommen bin?«

»Ja, ich fürchte, so sieht es aus«, antwortete Melanie und deutete auf den Polizisten, der immer noch im Hof wartete. »Und wenn Sie mich jetzt entschuldigen wollen, ich habe Wichtigeres zu tun.«

Sobald die Frau murrend wieder in ihren Transporter gestiegen und den großen Wagen aus dem Hof manövriert hatte, drehte Melanie sich zu Georgia. »Ich habe eine Idee«, sagte sie. »Wenn wir Will erst mal nur erreichen und ich ihm meinen Plan erklären könnte, dann traut er sich vielleicht wieder, nach Redgrove zurückzukommen. Wärst du so lieb, die Ställe für den Abend vorzubereiten? Ich muss dringend telefonieren.«

Georgia war immer noch total durcheinander, aber froh, sich beschäftigen zu können, und machte sich gleich an die Arbeit. Trotz der ganzen Aufregung mussten ja auch Wilson, Callie und Lily versorgt werden. Georgia fragte sich, was Melanie noch im Ärmel hatte. Was immer es war, sie hoffte, dass Will Santa behalten durfte. Aber am allermeisten wünschte sie sich jetzt, dass Will und seine schöne und sanftmütige Stute in Sicherheit waren.

Kapitel elf

Der Abend verging ohne ein Zeichen von Will und Santa. Georgia hatte sich von Melanie verabschiedet und war nach Hause gegangen. Sie ließ ihr Handy neben dem Bett liegen, für den Fall, dass Melanie ihr eine SMS schickte, sobald es Neuigkeiten gäbe – was sie ihr versprochen hatte. Doch auch wenn sie einige Male in der Nacht aufwachte und auf ihr Handy blickte – es kam keine Nachricht. Früh am nächsten Morgen stand sie auf, da sie einfach nicht mehr schlafen konnte. Mit ihrer Mutter saß sie in der Küche bei einer Tasse Tee und wartete, bis sie wieder zur Farm konnte.

Es war der Tag, an dem sie eigentlich zum Turnier fahren sollten, doch inzwischen stand fest, dass sie nicht fahren würden. Georgia hatte sich so viele Sorgen um Will und Santa gemacht, dass sie überhaupt nicht mehr an das Turnier gedacht hatte. Erst als ihre Mutter es erwähnte, kam es ihr wieder in den Sinn. Und doch schien es so unwichtig, verglichen mit dem, was Will gerade durchmachen musste.

Die Atmosphäre auf dem Hof war gedrückt, als Georgia ihr Fahrrad durchs Tor schob. Der vertraute dunkelbraune Kopf im Stall neben Lily fehlte. Georgia hatte den Transporter schon vor einigen Tagen vorbereitet, aber je weiter der Tag fortschritt, ohne dass es ein Zeichen von Will gab, desto mehr sah es so aus, als würden sie alle auf Redgrove bleiben.

»Es gibt ja wieder ein Turnier im nächsten Jahr …«, hatte eine bitter enttäuschte Melanie Georgia versichert. Sie hatte Georgia ihre große Chance nicht verderben wollen und überlegt, ob sie nicht doch fahren sollten, während Simon die Stellung hielt. Aber sie wussten alle, dass Georgia sowieso mit den Gedanken und dem Herzen nicht dabei wäre und es sich falsch anfühlen würde, an dem Turnier teilzunehmen, während Will verschwunden war.

Georgia hatte ein furchtbar schlechtes Gewissen – schließlich hatte sie sich so oft gewünscht, nicht am Turnier teilnehmen zu müssen, und jetzt sah es so aus, als würde sich dieser Wunsch erfüllen. Sie fuhr mit der Hand über das weiche braune Leder ihres Turnierzaumzeugs, das sauber, geölt und glänzend in der Sattelkammer hing, und schluckte schwer. Selbstverständlich war es jetzt das Wichtigste, Will und Santa zu finden und dafür zu sorgen, dass sie in Sicherheit waren. Dennoch konnte ein winzig kleiner Teil von ihr nicht anders, als sich selbst zu bemitleiden. Natürlich gab es im nächsten Jahr eine neue Gelegenheit, das wusste sie. Doch jetzt, da sie so kurz davorstand, hatte sie Angst, dass sie es vielleicht niemals wieder versuchen würde, nachdem sie so mit ihrer Nervosität zu kämpfen gehabt hatte.

»Ich sag dir was, Georgia«, meinte Melanie und klang erschöpft, als sie Callie, Wilson und Lily an diesem Nachmittag von der Koppel hereinholten. »Warum gönnst du dir nicht heute Abend, bevor es dunkel wird, einen entspannten Ausritt? Hier kannst du ja auch nichts weiter tun.«

»Wirklich?«, sagte Georgia.

»Ja, wirklich. Du brauchst eine Auszeit«, bekräftigte Melanie. »Ein schöner Galopp befreit meistens den Kopf. Hab einfach ein wenig Spaß. Ich ruf dich sofort an, wenn es Neuigkeiten gibt. Und Georgia …« Melanie zögerte und sah plötzlich traurig aus. »Es tut mir leid, dass wir nicht zum Turnier können. Danke für dein Verständnis.«

Georgia nickte traurig und machte sich auf den Weg zu Lily. Aber natürlich war das Turnier im Vergleich zu dem, was augenblicklich passierte, nicht so wichtig. Sie holte das Zaumzeug vom Haken, warf es sich über die Schulter und marschierte zu Lilys Stall. Das Palomino stand bewegungslos da und schob nur leicht den Kopf nach vorn, so dass das Licht sich in seinen bernsteinfarbenen Augen spiegelte. Dennoch schien Lily irgendwie beunruhigt.

»Ganz ruhig, meine Schöne …«, redete Georgia mit ihr und zäumte die kleine Stute rasch auf. Sie war so sauber vom ständigen Striegeln und Baden, dass sie nur kurz gebürstet werden musste.

In kürzester Zeit war Georgia fertig. Sie hatte sich den Schal bis zur Nase hochgezogen und führte Lily über den Hof. Dann waren sie auch schon im freien Gelände. Es war ein herrlicher Spätnachmittag, und das Laub der Bäume, die den Hof umgaben, hatte ein dunkles Rot und Gold angenommen. Dennoch war die Luft ziemlich kalt, und Georgia war ihrer Mutter dankbar, die sie ermahnt hatte, sich warm anzuziehen.

Vor dem Verkehrsschild an der schmalen Straße scheute Lily, schnaubte und schrak auf eine für sie ganz untypische Weise zurück.

»Hey, mein Mädchen …« Georgia kraulte die kleine Stute sanft am Widerrist und beruhigte sie. Wahrscheinlich lag es daran, dass Georgia sie länger als sonst nicht geritten hatte und sie dadurch besonders unruhig war. Auch das kalte Wetter konnte Ponys ein wenig schreckhafter machen.

Als sie draußen auf dem Heideland waren, ließ Georgia Lily frei laufen. Es fühlte sich unglaublich an, wie Lilys kräftige Beine mit Höchstgeschwindigkeit übers Land fegten. Ihr elfenbeinfarbener Schweif wehte hinter ihr her. Es ist eigentlich wirklich ein Jammer, dachte Georgia, dass die Preisrichter sie nicht zu sehen bekommen, jetzt, wo sie in so guter Form ist. Nachdem sie nun nicht mehr teilnehmen würden, kam es Georgia total albern vor, dass sie sich deshalb so verrückt gemacht hatte. Sie hätte stattdessen einfach nur das Training genießen sollen!

Lily galoppierte weiter den langen Höhenweg über dem Ort hinauf und schien in keiner Weise an Elan und Kraft zu verlieren. Unter ihnen erstreckte sich das Tal – auf der einen Seite in Richtung von Daniels Farm, auf der anderen zu den benachbarten Ortschaften. Im kalten Licht des Spätnachmittags sah es wie verzaubert aus, die Häuser und Autos glichen Spielzeugfiguren.

»Na komm, Lily.« Georgia wollte ihr Pony zurück in den warmen Stall lenken und freute sich schon auf ein warmes Getränk für sich selbst. Sie verlagerte das Gewicht im Sattel und lenkte die Stute zu dem Pfad, der zurück zur Farm führte.

In der Erwartung, dass Lily folgsam nach Hause trottete, entspannte sich Georgia im Sattel und ließ die Zügel locker. Doch das Palomino blieb unvermittelt stehen und warf den Kopf nach hinten. Dabei traf es versehentlich Georgias Nase, die prompt zu bluten begann.

»Autsch, Lily!«, rief Georgia aus. Sie spürte ein warmes Rinnsal an ihrem Kinn, und ihre Nase brannte. Sie nahm die Zügel in die eine Hand, wischte das Blut mit der Rückseite ihrer behandschuhten freien Hand weg und versuchte, den Schmerz zu ignorieren. Doch sie war sehr beunruhigt – Lily verhielt sich sonst nie so. Unwillkürlich fiel ihr ein, wie Jemma damals das Palomino mit der Reitgerte verschreckt hatte, als Lily vor Angst gezögert hatte. Also gab sie sich Mühe, ruhig und gelassen zu bleiben.

»Na komm, mein Mädchen«, sagte sie so sanft wie möglich und versuchte wieder, die kleine Stute zurück nach Hause zu lenken.

Es dämmerte bereits, der Abendhimmel war voller rosa und grauer Wölkchen. Wieder sträubte sich Lily, wich so unvermittelt zurück, dass Georgia fast aus dem Sattel gefallen wäre. Es nützte alles nichts – Lily wollte nicht weitergehen. Sie warf den Kopf und schnaubte, der Klang hallte durch das stille Tal.

»Möchtest du lieber, dass ich dich führe?« Georgia tätschelte sie und glitt aus dem Sattel. Beruhigend legte sie eine Hand auf Lilys Hals, zog die Zügel über ihren Kopf und versuchte dabei, sie zu beruhigen. Es war sehr selten, dass sie absteigen und Lily führen musste, doch offensichtlich hatte irgendetwas die kleine Stute verängstigt. Da es langsam dunkel wurde, wollte Georgia sie so schnell wie möglich nach Hause bringen. »Komm schon, Süße!«

Sie schnalzte mit der Zunge und führte Lily weiter zu dem Tor, das sie den Hügel hinab und wieder auf den Nachhauseweg bringen würde.

Widerstrebend folgte ihr Lily. Georgia blieb am Tor

stehen und kämpfte einen Moment lang mit dem schweren, umständlichen Haken. Als sie die Zügel wieder in eine Hand nehmen wollte, wich Lily urplötzlich zurück und hatte sich im nächsten Moment aus Georgias Griff befreit.

Kapitel zwölf

»Lily!«, rief Georgia. Die Zeit schien stillzustehen. Georgia versuchte, die Zügel zu fassen, doch Lily warf den Kopf nach hinten und wich erneut zurück.

Voller Schreck redete Georgia auf die kleine Stute ein und bat sie, stehen zu bleiben. Es wäre eine totale Katastrophe, wenn sie hier frei herumgaloppierte, denn am Ende des Tales verlief eine Hauptstraße. Georgias Gedanken rasten, und sie ging vorsichtig auf Lily zu. Dabei raschelte sie mit dem Papier der Leckerlis, die sie in ihrer Tasche hatte, um so Lilys Aufmerksamkeit zu gewinnen. Doch es nützte nichts. Lily zögerte, dann drehte sie um und galoppierte ein Stück von Georgia weg, die immer panischer wurde. Gott sei Dank hatte sie die Zügel über Lilys Kopf gelegt, so dass sie nicht darüber stolperte, aber es konnte dennoch alles Mögliche passieren. Das Schlimmste wäre tatsächlich, wenn die Stute auf die vielbefahrene Straße liefe.

Lily wurde ein wenig langsamer, bewegte sich jedoch immer noch von Georgia weg, weiter nach unten, in

Richtung Hauptstraße. Georgia betete, dass das Tor zum Reitweg geschlossen war. Vielleicht würde Lily dann dort stehen bleiben. Andererseits – womöglich würde sie auch versuchen, darüberzuspringen. Georgia schluchzte ängstlich auf, während sie hinter Lily hereilte und versuchte, die kleine Stute nicht zu erschrecken. Lily hielt den Kopf so hoch, wie sie nur konnte, und lief beinahe wie ein Droschkenpferd, mit weit gestreckten Knien.

Georgia gab sich Mühe, nicht loszurennen, um das Palomino-Pony nicht noch mehr zu erschrecken. Also folgte sie ihr, so vorsichtig sie nur konnte, und raschelte zwischendurch immer wieder mit den Leckerlis in der Tüte. Lily galoppierte nun nicht mehr, blieb jedoch immer noch ein paar Schritte von Georgia entfernt. So ging es eine ganze Weile.

Georgia fing an zu weinen, stolperte einige Male und folgte Lily mehr schlecht als recht, als diese mehr den Reitpfad entlangtrabte und sich damit immer mehr von der Redgrove Farm entfernte. »Bitte, Lily!«, flehte sie jammernd und wünschte nichts sehnlicher, als dass sie schon zurück auf der Farm waren und Lily sicher in ihrem Stall untergebracht war. Sie schaffte es nicht, das Pony einzufangen, und die Hauptstraße war nur noch ein paar hundert Meter entfernt. Lily trottete mittlerweile gleichmäßig weiter. Georgia wurde vor Erschöpfung langsamer. Ihr Atem ging stoßweise, und Atemwolken waren in der kalten, frischen Luft sichtbar. Aber Georgia eilte weiter.

Sie musste wieder an den Tag denken, an dem sie Lily zusammen mit Daniel vor Jemma, der früheren Besitzerin, retten wollte. Doch damals war es anders gewesen – Lily war in blinder Panik und voller Angst davongerannt. Heute schien sie viel ruhiger zu sein, sie entfernte sich nie allzu weit von Georgia. Das Ganze war total merkwürdig, es war beinahe so, als wüsste sie, wohin sie wollte.

Georgia bog um die Kurve und das Herz rutschte ihr in die Hose, als sie die Autos und Lastwagen hörte, die auf der Straße vorbeirauschten. Es war zwar nur eine Landstraße, aber doch eine der Hauptstraßen in Richtung Redgrove und der umliegenden Orte und konnte sehr stark befahren sein. Ihr entfuhr ein erleichterter Ausruf, als sie sah, dass das große Holzgatter, das zu dem Reitpfad führte, fest verschlossen war. Noch besser war, dass Lily direkt davor stehen geblieben war.

»Lily!« Georgias Atem kam völlig abgerissen, und Tränen liefen ihr übers Gesicht, als sie auf das Pony zustolperte. Ihre Beine gaben beinahe unter ihr nach. Trotz der Kälte war ihr unter der Jacke heiß, aber gleichzeitig zitterte sie vor lauter Schreck. Sie fasste Lilys Zügel und legte den Kopf gegen ihren Hals. Eine Weile weinte sie nur in ihre elfenbeinfarbene Mähne hinein, und ihr war ganz schlecht. Sie hätte es sich nie verziehen, wenn ihrem geliebten Pony irgendetwas passiert wäre.

Lily blies sanft in ihr Haar, bevor sie wieder den Kopf hob und in die Ferne blickte. Jedes Härchen an ihrem Körper schien zu zittern, als sie schnaubend den Kopf von einer Seite zur anderen schwenkte.

»Lily, meine Gute ...«, Georgia flüsterte weiter auf sie ein und beschloss, dass es am sichersten war, aufzusteigen, statt das Risiko einzugehen, das Pony wieder zu verlieren, wenn es plötzlich erneut lostrabte. Sie schwang sich in den Sattel, ihre Beine zitterten immer noch heftig, und sie wollte die kleine Stute gerade wieder zurücklenken, als Lily auf einmal ein schrilles, hohes Wiehern ausstieß. Ihre Nasenflügel waren weit geöffnet. Und gleich darauf ertönte eine schrille Antwort, es klang fast wie ein Echo. Lily tänzelte hin und her und wiederholte ihren Ruf, und wieder kam die gleiche Antwort. Es war ein anderes Pony, und es klang, als wäre es gar nicht so weit weg!

Georgia versuchte, einen kühlen Kopf zu behalten, und blickte sich um. Sie wusste, dass Redgrove auf der anderen Seite des Hügels lag und dass die Farm, wenn man der Straße folgte, nicht weit weg war. Alles sah vertraut aus. Plötzlich wurde ihr klar: Sie war erst kürzlich hier gewesen – auf dem Rückweg von der Sattlerei, an dem Tag, an dem Melanie ihr den silbernen Glücksbringer gekauft hatte. Das Häuschen auf der anderen Seite der Straße war Wills altes Zuhause! Und noch viel wichtiger war: Das schrille Wiehern kam direkt von dort!

Georgias Gedanken überschlugen sich. Sie griff in ihre Jackentasche und tastete nach ihrem Handy. Zum Glück hatte sie es dieses Mal nicht in der Sattelkammer vergessen. Vorsichtig lenkte sie Lily neben das Tor, beugte sich vor und öffnete das Gatter. Sie beruhigte das Palomino und ließ es auf dem Seitenstreifen warten. Georgia selbst klopfte das Herz bis zum Hals, während sie den richtigen Moment für die Überquerung der Straße abpasste.

Ein Auto raste an ihnen vorbei, gefolgt von einem Lieferwagen. Lily wich nervös zurück. Endlich war die Straße frei, und Georgia lenkte Lily im Trab hinüber. Sie erreichten die andere Seite gerade rechtzeitig, bevor das nächste Auto vorbeizischte.

»Gutes Mädchen, du bist sehr tapfer«, lobte Georgia die kleine Stute, denn sie wusste, dass Straßen Lily immer noch nervös machten. Dennoch war es jetzt Lily, die unbedingt weiterwollte. Ihre Beine holten weit aus, als sie auf das alte Anwesen zulief und damit auch in Richtung des schrillen Wieherns, das jetzt schon viel deutlicher zu hören war.

Das Haus wirkte immer noch verlassen, genau wie an dem Tag, an dem Georgia mit Melanie daran vorbeigefahren war. Sie lauschte angestrengt und erkannte, dass das Wiehern von den Nebengebäuden kam, die etwas zurückgesetzt lagen. Georgia stieg ab und führte Lily jetzt an der Hand.

»Hallo?«, rief sie, und ihre Stimme hallte von den alten Steingebäuden und dem gepflasterten Hof wider. Dann hörte sie es laut und deutlich: das Scharren von Pferdehufen. Ein Pony bewegte sich in einem der Gebäude, und aus dem Scharren der Hufe zu schließen war das Tier sehr aufgeregt. »Hallo?«, rief Georgia erneut, bekam jedoch wieder keine Antwort.

Sie schlang Lilys Zügel um ihren Arm und versuchte, die Scheunentür zu öffnen, denn von dort kam das Wiehern. Das Tor war alt und schwer und schien von innen verschlossen zu sein. Georgia spähte durch den Spalt und schnappte nach Luft, als sie tatsächlich ein ihr vertrautes dunkelbraunes Pony in einer der Boxen am anderen Ende entdecken konnte. Es war Santa!

Kapitel dreizehn

Aber wenn Santa hier war, wo steckte Will?

Georgia zog wieder am Tor und verbreiterte den Spalt zumindest so weit, dass sie besser in die Scheune spähen konnte. Alte Strohballen stapelten sich neben dem Stall, außerdem standen darin noch alte Landmaschinen und Geräte. Georgia kniff die Augen zusammen und entdeckte nun im Heu etwas Blaues. Was war das denn? Gleich darauf erkannte sie Wills Jacke, genau jene Jacke, die er damals am ersten Tag angehabt hatte, als er so schnell an Georgia vorbeigeritten war. Zu ihrem Entsetzen bemerkte sie, dass Will ganz merkwürdig an die alten Ballen gelehnt dalag, fast verborgen von Heu und Stroh, und seine Augen schienen geschlossen zu sein. Offensichtlich war Will kaum bei Bewusstsein. Er brauchte Hilfe, und zwar schnell.

Sie griff in ihre Jackentasche, Adrenalin durchfuhr sie. Ohne zu zögern, wählte sie den Notruf. Da sie das noch nie vorher getan hatte, war sie ein wenig nervös und wusste gar nicht, was sie sagen sollte.

»Polizei, Feuer oder Notarzt?«, fragte eine freundlich klingende Frau am anderen Ende der Leitung. Georgia versuchte, ruhig zu bleiben, während sie blitzschnell überlegte.

»Den Notarzt ... und auch die Polizei, bitte.« Georgia erklärte die Lage, so genau sie konnte, und gab an, dass es sich um einen vermissten Jungen und ein Pony handelte. Sobald die Frau alles aufgenommen und versprochen hatte, Hilfe zu schicken, rief Georgia bei Melanie an. Sie ging sofort ans Telefon.

»Georgia?«, fragte sie mit besorgter Stimme. Georgia bekam ein schlechtes Gewissen, als ihr klarwurde, dass sie bereits eine ganze Weile fort war und Melanie sich wahrscheinlich auch um sie schon Sorgen gemacht hatte.

»Ach, Mel, mir geht es gut, aber ich hab nicht viel Zeit für Erklärungen«, sagte Georgia. »Du musst so schnell wie möglich zu Wills altem Haus kommen. Er ist in Schwierigkeiten.«

Die Sekunden zogen sich dahin wie Stunden. Wenn Georgia nur irgendwie in die Scheune gelangen könnte. Sie zog mit aller Kraft an dem alten Tor, doch dann wurde ihr klar, warum sie es nicht öffnen konnte. Es war von innen mit einem Riegel verschlossen, der weit oben angebracht war. Will musste sich eingeschlossen haben. Vielleicht konnte jemand, der größer war als

Georgia, den Riegel erreichen und hineingreifen, um ihn zurückzuschieben. Doch sie selbst war einfach zu klein dafür. Georgia verzog frustriert das Gesicht und machte einen Schritt zurück. Lily, die sich jetzt, da sie ihre Freundin Santa gefunden hatte, wieder beruhigt hatte, stupste sie an, als wolle sie sagen: »Hey, ich könnte helfen!«

Georgia blickte von Lily zur Scheune und wieder zurück und hatte plötzlich einen Einfall. »Genau, meine Schöne!« Sie tätschelte Lily. Ihre Idee konnte funktionieren, doch Lily musste ihr dafür vertrauen, und sie musste Lily ebenso vertrauen. Georgia führte die kleine Stute unmittelbar neben das Scheunentor, und das Palomino schien zu begreifen, was Georgia vorhatte. Schnell schwang sich Georgia zurück in den Sattel und begann dann, sehr vorsichtig aufzustehen, bis sie auf Lilys Rücken stand wie eine Zirkusreiterin und so den Riegel erreichen konnte. Zierlich und trainiert, wie Georgia war, konnte sie sich ganz gut ausbalancieren, dennoch erwies sich das Vorhaben als ziemlich schwierig. Langsam richtete sie sich mit zitternden Knien zu ihrer ganzen Größe auf und schwankte nur einmal für einen kurzen Moment. Es wäre niemandem geholfen, wenn sie jetzt stürzte und sich verletzte.

»Ganz ruhig, mein Mädchen«, sprach Georgia beruhigend auf die kleine Stute ein und betete, dass sie sich nicht bewegte. Tatsächlich hörte Lily auf die junge Reiterin und stand absolut ruhig da, nur ihre Ohren zuckten. Mit angehaltenem Atem konnte Georgia gerade so eine Hand durch den Spalt schieben, um an den Riegel zu kommen. Sie zog ihn zurück und stieß das Tor auf. Sie hatte es geschafft!

Erleichtert schwang sie sich vom Pferderücken, führte Lily in die Scheune und band sie schnell neben Santa fest. Lily freute sich, ihre Freundin zu sehen, und die Stuten begrüßten einander mit einem glücklichen Wiehern, bevor sie mit hochgestellten Ohren und glänzenden Augen schnaubten. Georgia beeilte sich, zu Will zu kommen, und kauerte sich neben ihn. Anscheinend hatte er versucht, Heu vom Boden herunterzuholen, und nach den losen Ballen neben ihm zu urteilen waren einige davon auf ihn gefallen. Er bewegte sich jetzt und stieß ein verhaltenes Stöhnen aus. Sein Gesicht war blass, und seine Stirn kalt und feucht.

»Will, ist alles in Ordnung mit dir?«

Zu Georgias Entsetzen sah sie einen tiefen Schnitt über seinem rechten Auge, der stark blutete. Verzweifelt blickte sie sich um und dachte fieberhaft nach, bis ihr plötzlich der Erste-Hilfe-Kurs aus dem Ponyclub einfiel. Sie wusste doch, was zu tun war! Sofort nahm sie ihren Baumwollschal ab, faltete ihn zusammen und drückte ihn gegen Wills Stirn, um die Blutung zu stillen. Will legte seine Hand über ihre, um den Druck auf der Verletzung zu verstärken, als er merkte, was sie vorhatte. Seine Hände waren eiskalt. Er trug auch nur ein T-Shirt unter seiner dünnen Reitjacke, und in der Scheune war es ziemlich kalt.

Georgia zog ihre eigene Jacke aus und legte sie um Wills Schultern. Dabei achtete sie darauf, Will nicht zu bewegen, falls er sich ernsthaft verletzt hatte – ein Vorgehen, das sie im Ponyclub gelernt hatte.

»Danke, Georgia«, flüsterte Will schwach, und seine Zähne klapperten vor Kälte.

Georgia war fast schwindlig vor Erleichterung, als sie das entfernte Heulen von Sirenen und das vertraute Geräusch von Melanies Geländewagen in der Einfahrt vor der Scheune vernahm. Die Autos hielten quietschend an, und sie hörte schnelle Schritte. Zwei Gestalten tauchten im Tor auf. Den Mann erkannte sie von den Fotos – es war Wills älterer Bruder Jasper, der berühmte Springreiter!

Es war keine Zeit zum Nachdenken, nicht einmal für eine ordentliche Begrüßung. Hinter Melanie und Jasper kamen bereits zwei Sanitäter mit ihren Notfallkoffern herein. Georgia ließ die Erwachsenen nur allzu gern übernehmen und setzte sich benommen, da sie das Gefühl hatte, dass ihre Beine unter ihr nachgaben.

Der ganze Stress mit Lily, seit sie sich von ihr losgerissen hatte, um dann Will verletzt vorzufinden – das war doch etwas viel gewesen. Sie war sich der Hektik um sie herum bewusst – Will wurde in einen Krankenwagen gebracht, und Melanie legte eine andere Jacke um ihre Schultern –, doch Georgia hatte das Gefühl, alles wie eine Zuschauerin im Fernsehen zu beobachten. Lily stupste mit der Nase gegen ihre Hand und zeigte ihre Besorgnis. Georgia streichelte wie benommen ihre Stute, atmete mit tiefen Zügen den Pferdegeruch ein, der auf sie stets beruhigend wirkte.

Die kurze Fahrt zurück nach Redgrove verlief still. Simon war Melanie mit dem Pferdetransporter gefolgt und lud nun Santa und Lily ein, die sich beide völlig ruhig verhielten. Es wäre inzwischen stockdunkel gewesen, hätte nicht das bleiche Mondlicht die alte Scheune erhellt. Als Georgia jetzt aus dem Autofenster in den nächtlichen Sternenhimmel blickte, konnte sie nicht anders, als daran zu denken, dass sie normalerweise um diese Zeit beim Turniergelände angekommen wären und Lily dort in ihren Stall gebracht hätten, damit sie für das Turnier am nächsten Tag ausgeruht war. Georgia schüttelte den Kopf. Will und Santa waren in Sicherheit. Hoffentlich kam auch Will klar! Nicht nur wegen seines Unfalls, sondern auch, wenn er erfuhr, dass Santa bereits verkauft worden war.

Als hätte Melanie ihre Gedanken gelesen, drehte sie sich zu ihr um und lächelte. »Du warst heute sehr mutig, Georgia, weißt du«, lobte sie sie. »Die Sanitäter sagten, es hätte böse ausgehen können, wenn du Will nicht gefunden hättest. Besonders in einer so kalten Nacht wie der heutigen. Der arme Junge, was für ein Pech er doch in letzter Zeit hatte.«

Georgia nickte traurig. Sie hatte vielleicht mit Will nicht gerade den besten Start gehabt, doch inzwischen konnte sie sein Verhalten besser verstehen. Er hatte verzweifelt versucht, dem Ruf seines Bruders gerecht zu werden, um ihrer beider altes Leben zu retten. Georgia hoffte nur, dass die Dinge sich wieder einrenkten, jetzt da Jasper anscheinend den Sponsor endgültig verloren hatte.

»Georgia, ist alles in Ordnung mit dir?«, rief Melanie ihr zu.

Georgia schrak zusammen und schüttelte verwirrt den Kopf. Sie musste wohl mitten in all diesen Überlegungen eingenickt sein.

Schnell versicherte sie Melanie mit einem Kopfnicken, dass alles in Ordnung und sie nur erschöpft war. Sie hatte das Gefühl, eine ganze Woche durchschlafen zu können, wenn man sie nur ließe …

Kapitel vierzehn

Doch am nächsten Morgen erwachte Georgia so zeitig wie eh und je. Draußen war es noch dunkel und völlig still. Im ersten Moment fragte sie sich, ob sie die Ereignisse des vergangenen Tages nur geträumt hatte. Dann merkte sie, dass sie immer noch ihre Kleidung vom Vortag trug! Ihre Mutter hatte sie am Vorabend nach einem einzigen Blick sofort ins Bett geschickt, und Georgia war vor Müdigkeit gleich eingeschlafen. Melanie hatte natürlich Georgias Mutter schon vorher angerufen, um ihr zu erzählen, was passiert war. Aber Georgia war sich sicher, dass sie bestimmt noch jede Menge Fragen haben würde, was Wills Verschwinden betraf.

Leise schlich Georgia den Flur entlang und blieb nur kurz stehen, um Pip zu streicheln, die mit dem Schwanz wedelte und sie erwartungsvoll ansah. Dann ging sie ins Bad und zog sich nach einer schnellen Dusche ihre Jeans und einen warmen Fleecepulli an. Sie wollte unbedingt noch Lily besuchen, und auf einmal fiel ihr ein, dass sie ja eigentlich in die Schule musste, da sie ja nicht mehr am Turnier teilnahm.

Sie schnappte sich eine Banane aus der Obstschale und schrieb schnell eine Nachricht für ihre Mutter, die noch schlief. Leise schlüpfte sie aus der Haustür. Die kalte Oktoberluft raubte ihr fast den Atem. Der Boden war gefroren und der Himmel klar. Im Osten zeigte sich gerade eine schwache Sonne. Es würde ein weiterer perfekter Herbsttag werden. Die Straßen zur Farm waren ruhig, und Georgia erreichte den Hof in kürzester Zeit.

Lily begrüßte sie mit einem Wiehern und warf den Kopf, als wolle sie ihr Frühstück einfordern. Zu Georgias Erleichterung tauchte auch Santas Kopf hinter der benachbarten Box auf, und das Pony begrüßte Georgia ebenfalls mit einem Wiehern.

Sie lief zur Sattelkammer und runzelte die Stirn. Wie merkwürdig – die Lichter brannten bereits. Sollte Will etwa schon hier sein? Zu ihrer Überraschung war es jedoch Sophie, Melanies Tochter, die in einem dunkelgrünen Kaschmirpulli, das blonde Haar wild auf den Kopf getürmt, dabei war, Lilys Sattel zu polieren.

Sie blickte auf und lächelte, als sie Georgia sah. »Hallo, Georgia!«, rief sie fröhlich, nahm einen Schluck Tee und rieb gleichzeitig etwas Seife in das weiche braune Leder. »Wie gut, dass du hier bist. Mum wollte dich abholen, wenn du nicht gekommen wärst, aber wir dachten uns schon, dass du sowieso rüberkommst, um

Lily zu besuchen.« Georgia musste ziemlich verdutzt ausgesehen haben, denn Sophie lachte leise auf. »Bist du immer noch bereit zu reiten?«

»Was ... was meinst du denn?« Inzwischen war Georgia völlig verwirrt.

Sophie lachte erneut auf. »Beim Turnier natürlich! Wir könnten immer noch teilnehmen!«

Georgia starrte sie an. »Aber das geht doch nicht, wir haben sie ja nicht eingewöhnen können und alles! Wir können doch nicht wirklich noch teilnehmen, oder?«

»Na ja, nicht, wenn du nur dastehst und mich anstarrst!«, antwortete Sophie mit einem breiten Grinsen. »Du bist doch erst heute Abend dran, stimmt's? Es sind ja nur ein paar Stunden Fahrt mit dem Transporter. Lily vertraut dir völlig, also schafft sie es auch ohne die Eingewöhnungsphase. Also, was sagst du, bist du bereit?«

Sophie war so enthusiastisch, dass auch Georgia auf einmal richtig begeistert war. Und sie war dabei gar nicht mehr nervös. Was ihr bislang so unmöglich vorgekommen war, schien jetzt durchaus erreichbar!

Melanie kam nun ebenfalls durch die Tür, eine Teetasse in den Händen. Georgia bemerkte, dass sie schick gekleidet war. Sie trug eine Tweedjacke und lange braune Stiefel. »Also, was denkst du, Georgia?«, fragte sie lächelnd. Sie zog Georgia auf die Seite und legte eine Hand auf ihre Schulter. »Du musst nicht, wenn du nicht willst«, sagte sie leise, nur für sie hörbar. »Ich habe mit Janey gesprochen, und sie erzählte mir, dass du beim Training mit ihr ziemlich nervös warst. Es tut mir leid, dass ich das nicht bemerkt habe. Weißt du, wenn du dich einfach entspannen und es genießen könntest, wie ein ganz normales, gar nicht so wichtiges Turnier, dann hättest du mit Lily wirklich eine echte Chance. Du hast so hart mit ihr gearbeitet, es wäre wirklich eine Schande, diese Gelegenheit zu verpassen. Aber es bleibt natürlich deine Entscheidung.«

Mit einem Mal konnte Georgia sich nicht vorstellen, was sie lieber täte. Es war ja schließlich auch egal, ob sie Letzte wurde oder womöglich sogar vom Pferd fiel. Sie würde auf jeden Fall am Ende des Tages Lily wieder mit nach Hause nehmen können, und Melanie und ihre Freunde wären immer da, um sie zu trösten. Langsam stieg echte Aufregung in ihr auf und wurde immer stärker, bis Georgia genauso breit grinste wie Sophie.

»Klar will ich!«, antwortete sie, und diesmal meinte sie es auch so. Aber da gab es immer noch etwas, was sie wissen musste.

»Was ist denn mit Will? Alles okay mit ihm?«, fragte sie.

Melanie lächelte. »Will geht es gut«, antwortete sie beruhigend. »Ich kann dir die Einzelheiten ja unterwegs erzählen, aber ich versichere dir, dass es ihm gutgeht. Im Krankenhaus hat man sich bestens um ihn gekümmert.« Sie deutete aufs Haus, bevor sie fortfuhr.

»Im Moment schläft er tief und fest. Wir haben gestern Abend, nachdem er aus dem Krankenhaus entlassen worden war, noch lange miteinander gesprochen. Aber hör mal, nach meiner Berechnung müssen wir spätestens in ein paar Stunden losfahren. Also sollten wir jetzt schnell machen. Was meinst du, Georgia? Bist du bereit?«

Georgia grinste. Das war sie. »Auf jeden Fall! Machen wir's!«, antwortete sie zuversichtlich.

»Hurra!«, rief Sophie, hielt Georgia ihre eingeseifte Hand zu einem High Five entgegen und hüpfte begeistert auf und ab.

Von nun an herrschte auf dem Hof höchste Geschäftigkeit. Sophie beendete die Arbeit an Lilys Zaumzeug, und Georgia bereitete ein warmes Bad für Lily vor und widmete sich dann ganz besonders der Pflege der elfenbeinfarbenen Mähne und des Schweifes. Dann legte sie Lily die weiße Baumwolldecke als Glücksbringer über. Emma traf mit Georgias Mutter ein, die die schon vor Wochen gepackte Turnierausrüstung dabeihatte. Die Stimmung stieg, als Melanie ein Tablett mit Tee und Sandwiches austeilte – eine letzte Stärkung vor der Fahrt.

Georgia sah sich noch einmal um, bevor sie in den Transporter stieg. Irgendwie hatte sie das Gefühl, dass jemand Wichtiges fehlte, und es einfach nicht so wie sonst war. Und prompt machte ihr Herz einen Satz beim vertrauten Anblick von Daniel, der eben durch das Tor kam. Er sah sehr gut aus in seinem blauen Pulli und seinem Anorak, mit seinem typischen schiefen Grinsen im Gesicht.

»Dan!«, rief Georgia und fragte sich schon, ob sie Halluzinationen hatte. »Du bist gekommen!«

»Ich habe ihm geschrieben, du Dickkopf, und ihm alles erzählt, was gestern passiert ist.« Emma stieß ihre Freundin an. »Ihr zwei seid doch wie füreinander gemacht, und ich glaube nicht, dass du ohne ihn genauso gut reitest!«

Georgia wurde rot und sah zu ihrem besten Freund, der sie herzlich anlächelte, das Gesicht immer noch gebräunt und voller Sommersprossen von den vielen langen Tagen an der frischen Luft. »Dan, ich …«, begann sie.

Daniels Lächeln wurde breiter, und er legte einen Fin ger auf ihre Lippen. »Scht, Georgia. Wir reden nach dem Turnier.«

Emma würde bei Georgias Mutter im Auto mitfahren, und Daniel und Sophie bei Georgia im Transporter. Georgia war so dankbar, dass Daniel bei ihr war. Es fühlte sich einfach richtig an, wenn er neben ihr saß, ganz so, als wären sie nur auf dem Weg zu irgendeiner kleinen Ponyschau und nicht zu einem der größten Wettkämpfe des Reitsports!

Kapitel fünfzehn

Als der Ort hinter ihnen lag und sie von kurvigen Landstraßen auf die Autobahn wechselten, die sie zum Turniergelände bringen sollte, berichtete Melanie, dass Will am Vorabend vom Krankenwagen in die Notaufnahme gebracht worden war und dass Jasper ihn begleitet hatte. Man hatte ihn noch am Abend wieder entlassen, nachdem sichergestellt worden war, dass ihm bis auf die mittlerweile genähte Platzwunde am Kopf nichts fehlte. Allerdings hatte man ihm strikte Bettruhe verordnet. Melanie hatte die beiden vom Krankenhaus abgeholt, zusammen mit Sophie, die sofort von Jasper hingerissen war. Die Brüder blieben fürs Erste auf Redgrove Farm, bis sie wussten, wie es weitergehen sollte. Santa war im Augenblick bei Wilson und Callie im Stall sicher.

»Sie werden bestimmt alles noch genau erklären«, sagte Melanie mit einem Lächeln zu Georgia. »Aber Will wollte unbedingt, dass du heute reitest.« Sie deutete aufs Handschuhfach. »Hier«, sagte sie. »Sieh mal hinein. Gestern Abend, als Will aus dem Krankenhaus kam, hat er noch eine Nachricht für dich geschrieben.«

Neugierig öffnete Georgia das Handschuhfach, und ganz oben auf ein paar von Sophies alten Rosetten und Turnierplänen lag eine aus einem Notizbuch herausgerissene Seite. Wills Gekritzel füllte die ganze Seite. »Du schaffst es, Georgia!«, stand darauf. »Hab einfach Spaß mit deinem *Barbie-Pony* und freu dich, dass es dir gehört. Dann schaffst du alles!«

Georgia faltete das Papier und steckte es in ihre Tasche. Sie hatte einen Kloß im Hals. Es tat ihr so leid für Will, dass er Santa verlieren würde. Sie nahm sich vor, die Nachricht später als Glücksbringer in ihre Reitjacke zu stecken. Daniel legte seine Hand über ihre, und sie fühlte wieder die vertraute Aufregung wie vor jedem Turnier zuvor. Sie würde heute Abend wirklich alles geben – für Will, für Santa und für Lily!

Das Turnier fand auf einem riesigen Gelände außerhalb von Birmingham statt, und Georgia fand es merkwürdig, an Hochhäusern und Autobahnbrücken vorbeizufahren, statt wie üblich an Feldern und Wiesen. Als sie jedoch auf den Parkplatz einbogen, wurden sie vom vertrauten Anblick von Hunderten von glänzenden Pferdetransportern begrüßt. Das Sicherheitspersonal ließ sie hinein, und Melanie parkte den Transporter schließlich gekonnt am Ende einer langen Reihe. Sie waren da!

Melanie stieg auch aus der Fahrerkabine und marschierte los, um sich zu erkundigen, ob sie Lily immer noch in die für sie gebuchte Box bringen konnten, damit sich die Stute vor ihrem Auftritt noch ein wenig ausruhen konnte.

Georgia spähte zu Lily in den Transporter. Das Pony betrachtete die Umgebung gelassen durch das Fenster und holte sich dabei Heu aus ihrem Netz. Sie hatte wirklich nie besser ausgesehen.

Dann kam Melanie auch schon zurück und zeigte Georgia die nach oben gerichteten Daumen. »Die Box steht uns noch zur Verfügung«, berichtete sie.

Georgia klappte die Rampe herunter und entlud die kleine Stute vorsichtig, um sie zum Stall zu führen. Auf dem Platz herrschte aufgeregtes Kommen und Gehen. Die Reiter liefen mit Mänteln über ihren Reitjacken umher, um sich gegen die herbstliche Kälte zu schützen, in den Händen hielten sie Pappbecher mit Tee oder Kaffee. Es passierte jetzt wirklich! Georgia würde beim großen Turnier um den Titel *Pferd des Jahres* reiten!

Auch im Stallbereich herrschte großer Trubel – die Reiter, die vor Lily an der Reihe waren, wärmten ihre Ponys auf. Schöne Dartmoor-, Exmoor- und Shetlandponys wechselten im Trab aus dem Zirkel oder durch die ganze Bahn. Ihre Reiter trugen cremefarbene Reithosen, und viele der jüngeren Reiter hatten bunte Bänder im Haar. Pferdepfleger, Eltern und Trainer liefen herum und unterhielten sich aufgeregt. Daniel begleitete Georgia, als sie Lily die Reisegamaschen abnahm und es ihr mit ihrem neuen Heunetz in der Box gemütlich machte. Er trug einen Rucksack in der Hand und grinste breit.

»Was hast du denn vor?«, fragte Georgia, als Daniel eine Kappe und eine Tweedweste aus seinem Rucksack holte.

»Ich bin dein Helfer«, sagte Daniel und grinste noch breiter.

Georgia wusste sofort, was er meinte. Die Reiter brauchten im Laufe des Turniers einen Helfer, einen aus ihrem Team, der – sobald die Ponys aufgereiht dastanden – in die Arena kam, um ihnen beim Abnehmen des Sattels zu helfen, damit die Ponys begutachtet werden konnten.

Normalerweise war das Melanies Aufgabe. Daniel musste bereits gefragt haben, ob er ihren Platz einnehmen durfte. Georgia verspürte ein warmes Kribbeln im Bauch – Daniel wäre damit während des größten Turniers ihres Lebens bei ihr in der Arena. Trotz all dem Stress, den sie miteinander gehabt hatten, war er so lieb zu ihr!

»Das ist ja toll!« Ganz spontan umarmte sie ihn.

Daniel sah sowohl erfreut als auch verlegen aus, doch Georgia lief knallrot an, sobald ihr bewusst wurde, was sie getan hatte. Um sein eigenes Erröten zu verbergen, setzte Daniel schnell die Kappe auf und sah Georgia fragend an. »Also … was sagst du?«

»Du siehst toll aus«, sagte Georgia glücklich. »Einfach richtig toll!«

Kapitel sechzehn

Bald war es Zeit, Lily aufzuzäumen, damit Georgia das Palomino ebenfalls im Warm-up-Bereich neben den Ställen aufwärmen konnte. Das morgendliche Warm-up, bei dem sie normalerweise in die Arena hätte reiten dürfen, um Lily auch an die Umgebung zu gewöhnen, hatten sie leider verpasst. Jetzt konnte Georgia einfach nur das Beste hoffen, vor allem, dass Lily nicht im fremden Gelände scheute.

Die kleine Stute stand völlig ruhig da, während alle um sie herumschwirrten. Melanie richtete wohl zum x-ten Mal den Sattel, Georgia polierte noch einmal das Zaumzeug, und Sophie bürstete ein letztes Mal Lilys elfenbeinfarbenen Schweif. Emma schlenderte herum und brachte Georgia zum Lachen, denn sie schnitt Grimassen und zeigte auf ihr bekannte Ponys und Reiter. Daniel zupfte noch einmal seine Weste zurecht. Er machte einen guten Eindruck und sah wie geschaffen aus für seine Aufgabe. Georgia überprüfte ein letztes Mal den Sitz der Anstecknadel, die ihr Glück bringen sollte, und fühlte, ob Wills Brief in ihrer Tasche steckte.

Die anderen Reiter in Georgias Klasse begannen bereits mit dem Warm-up. Ihre hübschen Waliser Ponys hatten die unterschiedlichsten Farben – es gab Braune, Füchse und Falben. Es waren auch ein paar Palominos dabei, die etwas heller waren als Lily. Manche Reiter drehten sich nach ihr um, als Georgia mit Lily am Rand der Arena im Schritt ging, fast so, als ob sie die beiden erkannten. Georgia achtete jedoch nicht darauf, sondern sprach weiter leise mit Lily und tätschelte sie, um sie zu beruhigen.

Die Atmosphäre war aufgeladen, was Lily prompt aufzunehmen schien und worauf sie mit einer leichten Unruhe reagierte. Ihre zierlichen Ohren zuckten vor und zurück, doch sie konzentrierte sich auf Georgias Stimme. Als Georgia einfiel, wie schlecht sie in ihrer letzten Trainingsstunde bei Janey geritten war, bemerkte sie, wie sie sich einen Moment lang wieder versteifte, während sie Lily zu einem Trab antrieb. Dann erinnerte sie sich jedoch an Wills Nachricht, die in ihrer Jackentasche steckte, und holte tief Luft. Es war völlig egal, was passierte. Sie würde Lily so gut reiten, wie sie konnte – allein schon, um der Stute zu zeigen, wie viel sie Georgia bedeutete.

Allzu bald fand Georgia sich im Bereich unmittelbar vor der Arena wieder. Sie hatte kurz vorher, als der Verbindungsgang sich geleert hatte, einen kurzen Blick in die Arena werfen können. Sie war riesig, und auf den Rängen saßen Hunderte von Zuschauern, einschließlich ihrer Mutter, die nervös das Programm umklammerte, während sie darauf wartete, dass Georgia drankam. Und schließlich war es so weit: Georgia holte noch einmal tief Luft, dann tänzelte Lily durch das Gatter und in die Arena. Zweifellos fiel Lily auf. Alle Waliser Ponys bewegten sich graziös, und gewiss verdienten alle Teilnehmer einen guten Platz, doch Lily war auf jeden Fall etwas ganz Besonderes.

Wie bei allen derartigen Turnieren war Teil der Pflicht auch ein gemeinsamer Trab und Galopp in der Gruppe. Einige Ponys waren durch die Atmosphäre überreizt, und Georgia hielt die Luft an, als sie scheuten und zur Seite auswichen. Lily schien das jedoch nicht zu stören, und bald hatten sie es geschafft und warteten auf ihre Einzelvorführung und damit auf den Teil, vor dem Georgia sich am meisten gefürchtet hatte. All die schlaflosen Nächte und die Schulstunden, in denen sie sich auf nichts anderes konzentrieren konnte, hatte sie nur wegen ihrer Panik vor der Einzelvorführung gehabt.

Während Georgia darauf wartete, an die Reihe zu kommen, dachte sie an alles, was während des letzten Monats geschehen war, und klopfte dabei unwillkürlich noch einmal auf die Tasche mit Wills Nachricht.

Sie dachte daran, wo sie am liebsten ritt, und sah die

Wiesen und Weiden vor sich und wie sie dort entlang der Hecken und über die Hügel zwischen Redgrove und Daniels Farm ritt und dann über den sonnigen Weg wieder langsam zum Hof zurückkehrte. Georgia fand es toll, mit Lily an Turnieren teilnehmen zu dürfen. Doch sie hatte zugelassen, dass die Aufregung vor diesem Turnier ihre wahre und eigentliche Freude am Reiten beeinträchtigte. Wills persönliche Situation – dass er wohl sein geliebtes Pony verlor – und Georgias abenteuerlicher Ritt, der zu seiner Rettung geführt hatte, hatten ihr die Augen geöffnet und sie daran erinnert, wie wertvoll diese Chance hier für sie war. So versunken war sie in all diese Gedanken, dass sie beinahe überhört hätte, wie der Steward sie aufrief.

Gerade noch rechtzeitig ritt Georgia auf Lily los und begrüßte die Preisrichter mit einem freundlichen Nicken und einem strahlenden Lächeln. Einer der beiden Preisrichter berührte seine Kappe und gab ihr das Startzeichen. Georgia ritt mit kurzem Schenkeldruck an, und das Palomino fiel in seinen ganz eigenen flüssigen Trab. Georgia konnte nicht anders, als übers ganze Gesicht zu strahlen. Lily und sie nahmen an einem der begehrtesten Wettbewerbe teil! All die Zuschauer und die anderen Ponys, selbst der Preisrichter, verschwanden für Georgia, als Lily leichtfüßig ihre Einzelschau zeigte.

Beim Trab auf der Diagonalen streckte Lily ihre langen Beine wie ein Dressurpferd von Weltklasse, dennoch erstarrte Georgia urplötzlich. Jetzt kam ihre Schwachstelle. Lily spürte ihre Nervosität und zuckte mit den Ohren, ihr Schritt wurde langsamer, unsicher wartete sie auf die Führung ihrer Reiterin. Georgias Ohren rauschten, ihr Atem kam nur noch abgerissen, und die Zeit schien stillzustehen. Georgia schnappte nach Luft und schloss für einen kurzen Moment die Augen. Sie stellte sich vor, wie sie mit Lily auf der Weide ritt, und in diesem Moment war ihr Zögern vorbei.

Wegen ihres Zögerns hatte sie wahrscheinlich wertvolle Punkte verloren, aber das war egal. Georgia hatte endlich ihre Nervosität überwunden, und als sie im Galopp die lange Seite entlangritten, hätte sie vor Erleichterung beinahe laut aufgelacht.

Jetzt musste sie nur noch die Schlussbewertung durchlaufen. Georgia meinte, vor Stolz zu platzen, als Daniel zu ihr in die Arena kam, den Weidenkorb mit Bürsten und Tüchern in der Hand, wie ein echter Profi. Geschickt sattelte er Lily ab und striegelte sie kurz, so dass Georgia sie gleich darauf vor den zweiten Richter führen konnte. Daniel zwinkerte ihr zu, als sie loslief, und flüsterte: »Du warst toll«, und Georgia merkte, wie ihr Herz einen Sprung machte.

Sobald Georgia wieder aufgesessen war und sich zurück in die Reihe begeben hatte, verspürte sie eine unglaubliche Erleichterung. Jetzt war es wirklich egal, was noch passierte. Sie hatte eben einen ihrer größten

Wunschträume erreicht: bei *Pferd des Jahres* teilzunehmen! Und sie würden Lily danach wieder mit nach Hause nehmen und unterwegs anhalten, um heiße Schokolade zu trinken, wie sie es immer nach einem Wettkampf taten.

Und danach waren Herbstferien, und sie konnte sich auf Ausritte in der frischen Herbstluft freuen, auf Springübungen in der Halle und vielleicht sogar auf die Fuchsjagd des Ponyclubs. Und immer durfte sie Lily reiten – das war mehr wert als jede Rosette.

Georgia war so in ihren Zukunftsträumen versunken, dass sie die Unruhe unter den Teilnehmern gar nicht bemerkte. Die beiden Preisrichter nahmen sich sehr viel Zeit, blickten immer wieder auf ihre Beurteilungsbogen und besprachen sich. Schließlich trat einer von ihnen einen Schritt nach vorn, blickte zu Georgia und einem Jungen auf einem wunderschönen braunen Hengst und tippte mit einem Nicken an seine Melone. Georgia schlug auf einmal das Herz bis zum Hals. Sie und der Junge ritten aus der Reihe heraus und tauschten neugierige Blicke.

Der Preisrichter führte aus, dass sie beide in der Beurteilung des jeweiligen Ponys an erster Stelle lägen. »Nach den Regeln greift dann die Entscheidung nach der höchsten Punktzahl der Reiter«, erklärte er und blickte auf sein Blatt. »Und das bedeutet, der Sieg geht an … die Nummer 154!«

Es gab Jubelrufe und Beifall aus einem Teil der Menge, als der Junge auf seinem braunen Hengst übers ganze Gesicht strahlte und begeistert eine Faust in die Luft stieß. Georgia belegte den zweiten Platz, aber sie war trotzdem total glücklich. Sie wusste, dass das Zögern bei der Einzelvorführung sie die Punkte gekostet hatte. Doch das machte ihr nichts aus. Es war einfach etwas, woran sie in Zukunft arbeiten musste. Ihre kleine Lily – das Pony, das sie verschreckt in den Bergen gefunden und gerettet hatte – war gerade im größten Turnier des Landes Zweite geworden! Georgia merkte, wie ihr vor Stolz ganz warm ums Herz wurde, als der Richter ihr die wunderschönen Rosetten überreichte, darunter eine für die beste Stute.

»Und ich möchte noch einmal betonen«, fügte er freundlich hinzu und nahm seine Melone dabei ab, »dass deine Stute die höchste Punktzahl des Tages erreicht hat. Du hast hier wirklich ein Pony mit echter Starqualität, junge Dame. Sehr gut gemacht.«

Georgia wäre vor Glück beinahe in Ohnmacht gefallen! Die Ehrenrunde ritt sie wie in Trance, die Rosetten wehten in Lilys Mähne, und das stolze Palomino genoss den Beifall des Publikums.

Kapitel siebzehn

Georgia umarmte Lily mehrmals, und dabei wurden ihr die Ereignisse erst so richtig bewusst. Sie rieb das Palomino ab und brachte es, immer noch wie benommen, zurück in die Box. Von überall kamen die Leute auf sie zu, um ihr zu gratulieren, aber Georgia konnte es noch gar nicht richtig fassen, ihr Kopf drehte sich.

»Das ist Ellen Whittaker!« Emma schlug sich kichernd die Hand vor den Mund, als ein hübsches blondes Mädchen in einer schicken roten Jacke stehen blieb, um Lily zu tätscheln und kurz mit Georgia zu plaudern. Daniel konnte gar nicht mehr aufhören zu grinsen.

Alle waren in Feierstimmung – Sophie schwirrte mit Melanie herum und fütterte zwischendurch Lily mit Karotten. Selbst Janey, die normalerweise sehr nüchtern war, hatte Freudentränen in den Augen, und ihr fehlten ausnahmsweise die Worte. Georgia freute sich, auch Josephine Smalley zu sehen, mit ihrer Tochter Alice, die in einer anderen Kategorie teilgenommen hatte.

In diesem Moment drehten sich einige Reiter um und

starrten unverhohlen herüber, da sich zwei weitere bekannte Gesichter bei den Feiernden einfanden. Es waren Will und sein älterer Bruder Jasper. Georgia hatte erwartet, Jasper in Reithosen und glänzenden schwarzen Stiefeln gekleidet zu sehen, genau wie auf den Fotos, doch er sah ganz normal aus und trug Jeans und ein kariertes Hemd. Auf jeden Fall hatte er eine besondere Ausstrahlung, und urplötzlich wurde Georgia ganz schüchtern.

Sie freute sich allerdings, dass Will wieder gesund und normal aussah, mal abgesehen von der frisch genähten Platzwunde über seinem rechten Auge.

»Will!«, rief sie aus und war gespannt, wie er sich wohl nach all den dramatischen Ereignissen der letzten Tage verhalten würde. Sie hätte sich keine Sorgen machen müssen – Will umarmte sie auf der Stelle und wirbelte sie mit einem Grinsen herum.

»Hey, Georgia«, begrüßte er sie herzlich. In seiner Stimme lag keine Spur von Arroganz oder Verlegenheit.

»Wie geht es euch, ähm … ich meine, Santa und …?« Georgia wusste nicht so recht, wo sie anfangen sollte.

Will lachte. »Na ja, als Erstes möchte ich mich bei dir bedanken, dass du mich gerettet hast … die Ärzte sagten, wenn du nicht aufgetaucht wärst …« Einen Moment lang schwand das Lächeln, und er sah sehr verletzlich aus.

»Das war Lilys Verdienst«, warf Georgia ein und fuhr

mit der Hand sanft über die Ohren des Palominos, das den Kopf dabei zu ihr neigte. »Hör mal, was ich aber schon längst zu gern fragen wollte ... woher wusste sie denn, dass sie zu eurem alten Haus musste?«

Will tätschelte Lilys Hals, als er das erklärte. »Weißt du noch, als Mel mich bat, bei meinem Ausritt auf Santa auch Lily mitzuführen?«

Georgia musste nicht lange überlegen und erinnerte sich an den Tag, an dem sie mit Melanie zur Sattlerei gefahren war. Sie nickte.

»Tja, damals bin ich dorthin geritten«, fuhr Will fort und wirkte nachdenklich. »Genau zu dem Haus, in dem mein Bruder und ich aufgewachsen sind. Ich dachte, ich schau es mir mal an, falls ich irgendwann ...« Er brach ab.

»Eine kurze Atempause brauche?«, ergänzte Georgia vorsichtig.

»Na ja, nicht direkt«, sagte Will mit einem reumütigen Lächeln. »Aber an dem Abend, an dem wir in der Sattelkammer bei Fish & Chips zusammensaßen, hörte ich dann leider noch von Jasper, dass wir den Sponsor definitiv verloren hatten. Auch wenn Melanie mir versprochen hatte, dass alles gut wird, wusste ich doch nicht, wie es weitergehen sollte. Sicher war, dass man uns Santa wegnehmen würde, und ich konnte den Gedanken an ihren Verkauf einfach nicht ertragen. Also bin ich schnellstens verschwunden, aber nur, um sie zu verstecken. Ich wusste, Ryan würde keine Zeit verlieren, um sie sich zu holen, also wollte ich etwas Zeit gewinnen, indem ich sie aus Redgrove wegbrachte …«

Er seufzte kurz. »Ich war gerade dabei, sie zu versorgen, da rutschte ich beim Herunterholen von Heu aus. Ich war wahrscheinlich auch ziemlich nervös und hektisch …« Er drehte sich zu seinem Bruder und sah ihn etwas unsicher an. Jasper räusperte sich.

»Das war letztlich meine Schuld«, sagte Jasper und legte eine Hand auf die Schulter seines Bruders. »Ich hätte dich dem ganzen Druck nicht aussetzen dürfen. Der Verlust des Hofes und unseres Sponsors, das lag in meiner Verantwortung, nicht in deiner.«

»Aber was werdet ihr denn jetzt tun?« Georgia konnte nicht anders, als nachzufragen. »Und was ist mit Santa? Ach, Will … du hängst doch so an ihr.«

»Es ist alles in Ordnung, Georgia.« Will grinste. »Es wird schon. Frag einfach Melanie!«

Georgia drehte sich zu Melanie um, die sie anlächelte.

»Ich habe Santa zurückgekauft«, erklärte sie. »Nicht für mich, natürlich! Will und Jasper werden mir das Geld nach und nach zurückzahlen.« Sie streichelte Lily. »Als ich hörte, dass Santa über zehn Jahre bei den Jungs war, konnte ich den Gedanken nicht ertragen, dass sie vielleicht irgendwo landet, wo sie es nicht gut hat. Sie ist ein altes Mädchen, das sich nach all den Preisen, die sie für die beiden Jungs *und* die Sponsoren gewonnen hat, wahrhaftig einen schönen Ruhestand verdient hat.«

Einen Augenblick lang war Georgia sprachlos, dann umarmte sie Melanie ganz fest. Melanie war so lieb und dachte immer zuallererst an die Ponys!

»Wow!«, rief sie ehrfürchtig aus. »Du bist wirklich die Beste, Mel!«

Melanie lachte auf. »Ich habe ja gesehen, wie gern Will seine Santa hat, genau wie du Lily liebst. Dann dachte ich über Wilson und Callie nach ... Ich weiß, dass ich sie für immer behalten möchte, nach allem, was sie für mich geleistet haben. Santa verdient das auch.«

Georgia drehte sich zu Will und Jasper. »Also, was habt ihr denn nun vor?«

Lächelnd drehte sich Will zu seinem älteren Bruder. »Darf ich es ihnen sagen, Jasper?«, fragte er.

»Aber klar«, sagte sein Bruder. »Es wird sich sowieso bald herumsprechen.«

Will drehte sich mit einem Lächeln zu Georgia. »Wir ziehen zurück nach Redgrove«, erzählte er glücklich.

»Dann habt ihr das Gestüt verloren?«, rutschte es Georgia heraus, bevor sie sich noch beherrschen konnte.

»Ja«, bestätigte Jasper bedauernd. »All die Jahre harter Arbeit, in denen ich die besten Ponys geritten habe, die es nur gab, und jetzt ist nichts geblieben. Nur ein einziges Pony, aber das ist zumindest auf jeden Fall das treueste Pony, das ich je geritten habe.«

Lächelnd erklärte er dann, dass Janey von ihrer schwierigen Lage erfahren und ihm eine Stelle als Lehrer im Ponyclub angeboten hatte. Dort suchten sie jemanden, der jung war und eine gehörige Portion Leidenschaft mitbrachte. Außerdem war Jasper so etwas wie ein Held in seinem alten Club. Darüber hinaus gab es auch noch ein paar junge Ponys, die er für deren Besitzer trainieren sollte, wobei er ebenfalls etwas verdienen würde.

»Und wo werdet ihr wohnen?«, fragte Georgia.

Will grinste. »Wieder in unserem alten Haus!«, sagte er begeistert. »Es wurde nie verkauft, und Sara war einverstanden, es Jasper zu überlassen, bis er wieder auf die Beine kommt.«

Sein Grinsen wurde noch breiter. »Und was das Beste ist: Ich kann wieder zurück in die Schule, in eure Schule! Da wir jetzt nicht dauernd zu irgendwelchen Turnieren unterwegs sind, kann ich auf eine ganz normale Schule gehen. Und wenn ich möchte, kann ich immer noch mit Santa an Turnieren oder Schauen teilnehmen. Sie wird in der Kategorie der Veteranen super sein.« Er holte tief Luft. »Ich kann dir gar nicht genug danken, Melanie!«

Melanie lächelte nur. Georgia ging durch den Kopf, dass sie Melanie niemals mehr bewundert hatte, als jetzt in diesem Augenblick. Zuerst hatte sie ihr geholfen, Lily zu retten, und nun sorgte sie noch dafür, dass auch Santas Zukunft gesichert war.

Wenn ich selbst irgendwann keine berühmte Turnierreiterin oder Tierpflegerin werde, dann möchte ich am liebsten einen Pferdehof haben, so wie Melanie, wo ich Ponys in Not helfen kann, dachte Georgia. Vielleicht konnte sie ja auch beides tun ... oder alles. Schließlich war Lily auch ein »gerettetes« Pony, und doch hatte sie jetzt den zweiten Platz – eigentlich fast sogar den ersten – beim berühmtesten Turnier des Landes belegt. In diesem Moment wurden ihre Gedanken von einer vertrauten Stimme unterbrochen, und ihre Mutter drängte sich durch die Menge zu ihr.

Sie umarmte ihre Tochter und wischte sich die Tränen von den Wangen, während sie ihr immer wieder gratulierte.

»Danke, Mum.« Georgia umarmte ihre Mutter ebenfalls und hielt sie einen Augenblick lang ganz fest. »Es tut mir leid, dass ich in letzter Zeit irgendwie so neben mir stand ... mir hat doch alles ein wenig mehr zu schaffen gemacht ...« Ihre Stimme brach ab.

»Ich weiß, mein Schatz.« Mrs Black lächelte ihre Tochter verständnisvoll an. »Und ich hoffe, dass du dich das nächste Mal jemandem anvertraust.«

»Das mache ich Mum, versprochen«, antwortete Georgia ernst.

In diesem Moment stupste Lily sie an, als wolle sie

diese Aussage unterstützen. Mit einem glücklichen Kichern legte Georgia die Arme um den schlanken Hals der kleinen Stute. »Und du hast jetzt Ferien!«, sagte sie und umarmte das wunderschöne Palomino von neuem.

Georgias Handy summte und klingelte unentwegt vor lauter Nachrichten und Glückwünschen, die ihre Schulfreundinnen und Harry und Lottie und die anderen Mitglieder des Ponyclubs ihr schickten. Gute Nachrichten verbreiteten sich eben schnell. Da alle immer noch beschwingt feierten und der Stall für Lily noch für eine weitere Nacht gebucht war, schlug Melanie vor, in einem nahe gelegenen Lokal Pizza essen zu gehen und weiterzufeiern.

Daniel, Emma und Sophie jubelten. Will und Jasper wollten ebenfalls mit, genau wie Janey. Georgia hatte das Gefühl, Will würde ein guter Freund der Clique werden, wenn er nun wieder hierherzog.

Den Abend mit ihren Freunden und ihrer Mutter zu feiern würde toll werden, aber zuerst wollte Georgia noch kurz mit Lily alleine sein, um sich bei ihr zu bedanken. Als alle sich fertig machten, um zum Essen zu gehen, schlüpfte Georgia in Lilys Stall und legte ihre Arme um den Hals der Stute. Lily stand ganz still und genoss die Zuwendung.

»Ich verspreche, ich werde mich nie mehr so nervös machen lassen«, flüsterte sie ihr ins Ohr.

Nach diesem Turnier hatte sie das Gefühl, mit Lily einfach alles zu schaffen. Vielleicht konnten sie sich im nächsten Jahr wieder für dieses Turnier qualifizieren, und wer wusste schon, was dann alles passieren würde!

Georgia dachte darüber nach, was sie bei der Berufsberaterin gesagt hatte, und beschloss, auf jeden Fall ihren eigenen Pferdehof haben zu wollen, aber nur mit Ponys, die gerettet werden mussten, genau wie Lily. Sie verspürte einen gewissen Stolz darüber, wie weit das Palomino gekommen war. Sie wusste, Lily vertraute ihr mehr als irgendjemand sonst, und das war das beste Gefühl der Welt.

Als sie aufblickte, entdeckte sie Daniel, der sich lächelnd über die Stalltür beugte und sich die gewonnenen Rosetten wie Ohrringe über die Ohren gehängt hatte. Georgia lachte. »Hey«, rief sie ein wenig schüchtern.

»Du warst wirklich klasse, Georgia«, sagte Daniel liebevoll.

»Es tut mir echt leid, dass ich dir nicht sagen konnte, wie nervös ich war«, stammelte Georgia.

»Schon in Ordnung.« Daniel lächelte. »Wenn ich ehrlich bin ... ich dachte irgendwie, dass du was für Will übrighast und deshalb mir gegenüber so komisch warst. Ich dachte, du magst ihn mehr als mich ...« Seine Stimme brach ab, und er sah verlegen aus, als Georgia verblüfft auflachte.

»Ganz bestimmt nicht!«, sagte sie rasch. »So habe ich nie an ihn gedacht! Es war nur, weil ich wusste, dass du merkst, wie nervös ich bin, aber ich wollte es mir selbst nicht eingestehen und ... ach ...«

»Wieder Freunde?«, fragte er.

»Auf jeden Fall!«, rief Georgia lachend aus und deutete vielsagend auf Emma, die am Stalleingang mit Will kicherte und flirtete. Daniel stimmte in Georgias Lachen ein.

»Na, was das wohl werden wird?«, meinte er grinsend, dann drehte er sich wieder zu Georgia. »Bist du bereit für die große Feier?«

»Klar«, antwortete Georgia lächelnd, nahm ihre Jacke und ihre Reitkappe, wollte aber eigentlich immer noch nicht aufhören, ihre wunderbare kleine Stute zu umarmen. »Ach, ich wünschte nur, sie könnte mitkommen«, meinte sie mit einem kleinen Seufzer.

»Ich sag dir was«, meinte Daniel. »Wir gehen jetzt mit den anderen Pizza essen, und später kommen wir zurück und sehen nach Lily ... nur du und ich.« Er nahm Georgias Hand und führte sie aus dem Stall. Georgia blickte zurück zu dem Palomino, das ihr nachsah.

Daniel hatte recht. Georgia würde jetzt mit all den Leuten feiern, die ihr geholfen hatten, und dann noch einmal zurückkehren, um ihrem Pony gute Nacht zu sagen und es zu umarmen, denn es war das tapferste und liebste Tier, das Georgia je kennengelernt hatte.

Und schließlich würden sie wieder nach Hause fahren, nach Redgrove, wo Wilson, Callie und Santa warteten. Sie konnten sich auf Ausritte übers Land und auch auf andere Turniere oder Schauen freuen – und vor allem gehörte Lily ihr, jetzt und für immer.

Und das war das Wichtigste auf der ganzen Welt!

Die Abenteuer von Georgia und Lily gehen weiter!
Freue dich auf den fünften Band –
ab Frühjahr 2017 im Buchhandel erhältlich!

Wie alles begann …
Leseprobe zu Band 1

LESEPROBE

Redgrove Farm

Auf vier Hufen ins Glück

Aus dem Englischen
von Angelika Eisold Viebig

Im Buchhandel bereits erhältlich

KJB

»Puh, das war vielleicht ein Tag!« Georgia ließ sich auf ihren Sitzplatz zurückfallen, während der dunkelgrüne Pferdetransporter das Turniergelände verließ. Zum ersten Mal während des ganzen Tages hatte sie Gelegenheit, sich auszuruhen. Bisher war sie damit beschäftigt gewesen, das Turnierpferd zu striegeln, seine Mähne zu flechten oder sein Zaumzeug zu polieren. Dabei war sie selbst gar nicht geritten. Doch sie beschwerte sich nicht. Georgia liebte alles, was mit Pferden zu tun hatte, und es war toll, bei einem Turnier aus nächster Nähe zusehen zu dürfen.

Ganz besonders liebte sie Wilson, den Vollblutwallach, der auf jeden Fall der Star dieses Turniers gewesen war!

»Danke noch einmal für all deine Hilfe heute, Georgia«, sagte Melanie, während sie mit dem Transporter den holprigen Weg entlangfuhr und sich in eine lange Reihe von Pferdeanhängern und -transportern einfädelte, die sich auf den Heimweg machten. »Ohne dich hätten wir es bestimmt nicht geschafft, stimmt's, Soph?« Sie drehte sich zu ihrer Tochter um.

»Ähm, was hast du gesagt?« Sophie blickte von ihrem Handy auf, während sie eine SMS schrieb.

»Ich sagte, ohne Georgias Hilfe hätten wir es heute nicht geschafft, stimmt's?« Melanie runzelte die Stirn, weil ihre Tochter immer noch mit ihrem Handy beschäftigt war.

»Ähm, nein«, murmelte Sophie. Sie saß zwischen ihrer Mutter und Georgia, eine Handvoll Preisschleifen und Rosetten lag in ihrem Schoß.

Sophie klang zwar nicht gerade interessiert, doch Georgia wusste, dass das nicht böse gemeint war. Sophie hatte nur eben nicht besonders viel für die Versorgung und die Pflege von Pferden übrig, jedenfalls nicht so viel wie Georgia. Sophie würde im nächsten Jahr zur Uni gehen. Da war ihr im Augenblick ihr Freundeskreis wahrscheinlich wichtiger, als bei einem Turnier zu gewinnen.

Schließlich steckte sie das Handy jedoch weg und grinste Georgia an. »Ich wette, du freust dich heute auf dein Bett, was, Georgie?«

»Das kannst du laut sagen!« Georgia lachte. Sie war wirklich müde, aber es war eine gute Art von Müdigkeit. Nirgends war sie lieber als auf dem Hof der Haydens, auch wenn sie nicht immer selbst reiten konnte und oft nur zusah, wie Sophie auf Wilson ritt. Sophie war siebzehn, drei Jahre älter als Georgia und bereits eine unglaublich gute Reiterin. Georgia hoffte, eines Tages genauso gut zu werden.

»Tja, ich denke, ihr habt heute beide ausgezeichnete Arbeit geleistet«, meinte Melanie mit einem Lächeln. »Wir sind ein gutes Team!«

Georgia freute sich über das Lob und schaute versonnen aus dem Fenster auf die vorbeiziehenden Dörfer und Felder. Heute war ein toller Tag gewesen – die Wadebridge Show: ein ganzer Tag auf dieser riesigen jährlichen Veranstaltung in Cornwall, an dem sie nur mit Pferden zu tun hatte. Würde es nach Georgia gehen, hätte der Tag ewig dauern können – nicht zuletzt, weil sie wusste, was zu Hause auf sie wartete: Lernen für die Schule. Morgen begannen die letzten Prüfungen des Jahres, und sie hatte sich leider nicht annähernd genug darauf vorbereitet. »Wie lange brauchen wir denn für die Rückfahrt?«, fragte sie und kaute nachdenklich auf der Unterlippe.

»Bei diesem Verkehr wahrscheinlich ein paar Stunden«, antwortete Melanie.

Georgia nickte. Das hatte sie bereits befürchtet. Und sobald sie angekommen waren, müsste sie Sophie noch helfen, Wilson zu versorgen, außerdem den Transporter ausräumen und alles an seinen Platz zurückbringen, bevor sie überhaupt ans Lernen denken konnte. Dennoch war es für sie die Mühe wert. Auf dem Hof der Haydens zu helfen war Georgias einzige Möglichkeit, etwas mit Pferden zu tun zu haben, und sie genoss jeden einzelnen Moment. Das Geld war knapp bei den Blacks, seit Georgias Vater die Familie vor einigen Jahren verlassen hatte. Georgias Mutter konnte das Geld für Reitstunden leider nicht aufbringen. An den Unterhalt für ein Pferd war gar nicht zu denken. Wenn Melanie sie nicht im Austausch für die Hilfe im Stall immer reiten ließe, würde Georgias Pferdeglück nur in ihren Träumen stattfinden!

Georgia drehte sich zu Sophie, um ihr etwas zu sagen, doch Sophies Handy piepte wieder, und im nächsten Moment war sie erneut mit dem Schreiben einer SMS beschäftigt.

Georgia seufzte. Ach, wenn sie doch auch in Sophies Welt leben dürfte, wo Ponys immer dazugehörten ...

Zwei Stunden später fuhr der Pferdetransporter die Einfahrt der Haydens hinauf. Redgrove Farm bestand aus einem großen modernen Haus mit daran anschließenden Ställen. Dahinter erstreckten sich Felder und Weiden, so weit das Auge reichte. Als der Wagen im Hof anhielt, trat ein großer dunkelhaariger Mann aus der Haustür.

»Na, wie lief es?«, fragte Simon Hayden.

»Super, Dad«, antwortete Sophie, sprang aus dem Wagen und eilte an ihm vorbei, nachdem sie ihn liebevoll angestupst hatte.

Sophies Vater verdrehte die Augen und blickte mit einem vielsagenden Grinsen zu Georgia, die nun aus dem Auto stieg.

»Hallo, Schatz«, Melanie winkte ihrem Mann zu und unterdrückte nach der langen Fahrt ein Gähnen. Drei laut bellende Terrier versammelten sich um ihre Füße. »Platz, Jungs, Platz!«

Georgia streckte sich – ihre Arme und Beine waren steif und schmerzten. Es war ein herrlicher warmer Abend, die Hitze des Tages lag noch immer in der Luft.

»Na komm, Wilson, ganz ruhig.« Melanie sprach beruhigend mit dem braunen Vollblut, während sie ihn die Rampe herunter in den Hof führte. »Kannst du übernehmen, Georgia?«, bat sie, nachdem sie sich vergeblich nach Sophie umgesehen hatte.

»Klar.« Georgia nahm das Führseil. »Komm mit, Wilson.«

Sobald der Wallach in seinem Stall untergebracht war, lief Georgia hinüber zur Scheune, um ein Heunetz zu holen. Nachdem sie Wilson noch einmal gebürstet und sich überzeugt hatte, dass er mit Futter und Wasser versorgt war, brachte sie ihn für die Nacht hinaus auf die Koppel. Sie nahm sein Halfter ab, legte die Arme um seinen Hals und atmete den wunderbaren Duft ein – eine Mischung aus Pferdegeruch und Zitronenshampoo. »Und ab mit dir, mein Junge«, sagte sie leise mit einem Tätscheln.

Callie, Sophies altes Pony, trottete erwartungsvoll herüber.

»Hallo, du«, begrüßte Georgia es lächelnd und gab dem graubraunen Pony einen Kuss auf die Nase.

Callie war früher ein erstklassiges Turnierpony gewesen, das viele Preise gewonnen hatte, doch seit kurzem war es pensioniert. Georgia liebte das kleine Exmoor-Pony, auf dem sie einst selbst reiten gelernt hatte.

Melanie und Georgias Mutter waren alte Freundinnen. Als Lucy Black damals von ihrem Mann verlassen worden war, hatte sie gedacht, dass Redgrove eine gute Ablenkung für Georgia wäre. Georgia hatte die Ponys von Anfang an geliebt, und sobald ihre Mutter sie für alt genug hielt, hatte Melanie sie auf Callie reiten lassen. Anfänglich war das Pony dabei natürlich noch geführt worden. Der Rest war Geschichte! Redgrove war schnell ein zweites Zuhause für Georgia geworden.

»Du siehst nachdenklich aus.« Melanie trat zu Georgia und holte sie aus ihren Gedanken.

»Ach«, antwortete Georgia mit einem Lächeln. »Mir ist nur gerade eingefallen, wie du mich zum ersten Mal auf Callie gesetzt hast.«

Melanie tätschelte liebevoll ihren Arm. »Es kommt mir vor, als sei es erst gestern gewesen!« Sie lächelte Georgia an. »Hör mal, ich kann dich zu Hause absetzen, wenn du möchtest.«

»Wirklich? Das wäre toll, danke«, sagte Georgia. »Du weißt doch noch, dass ich diese Woche nach der Schule nicht vorbeikommen kann, oder? Wir schreiben die letzten Prüfungen.«

»Ja, ich weiß«, antwortete Melanie seufzend. »Was sollen wir nur ohne dich machen?«

»Ihr kommt bestimmt bestens klar.« Georgia lächelte und freute sich natürlich insgeheim über Melanies Worte.

»Wenn die Prüfungen vorbei sind, dann hast du Wilson übrigens ein paar Tage ganz für dich, hab ich dir das schon erzählt?«, fuhr Melanie fort.

»Wirklich?« Georgia war überrascht.

»Ja«, versicherte Melanie. »Es sind zwar nur ein paar Tage in der ersten Ferienwoche, aber immerhin. Sophie hat einen Job in einem Sommercamp hier in der Nähe. Also kannst du Wilson jeden Tag bewegen, wenn du magst.«

»Wenn ich mag?«, rief Georgia aus und umarmte Melanie spontan. »Ich kann es kaum erwarten!«

Die englische Originalausgabe erschien 2014
unter dem Titel ›The Palomino Pony Comes Home‹
bei Nosy Crow Ltd. London, England

ISBN 978-3-7373-5186-7